克琳希爾德與布倫希爾德

東崎惟子

[插畫] あおあそ

BRUNHILD
AND KRIEMHILD

A strange and cruel fate of Brunhild and her sister Kriemhild.
They served the kingdom, and were erased from its history.

Kadokawa Fantastic Novels

BRUNHILD AND KRIEMHILD

CONTENTS

貝倫修坦

過去因惡龍的妖術而從人類變為琥珀之龍，初代女王在位時便被封印在王國的地下。

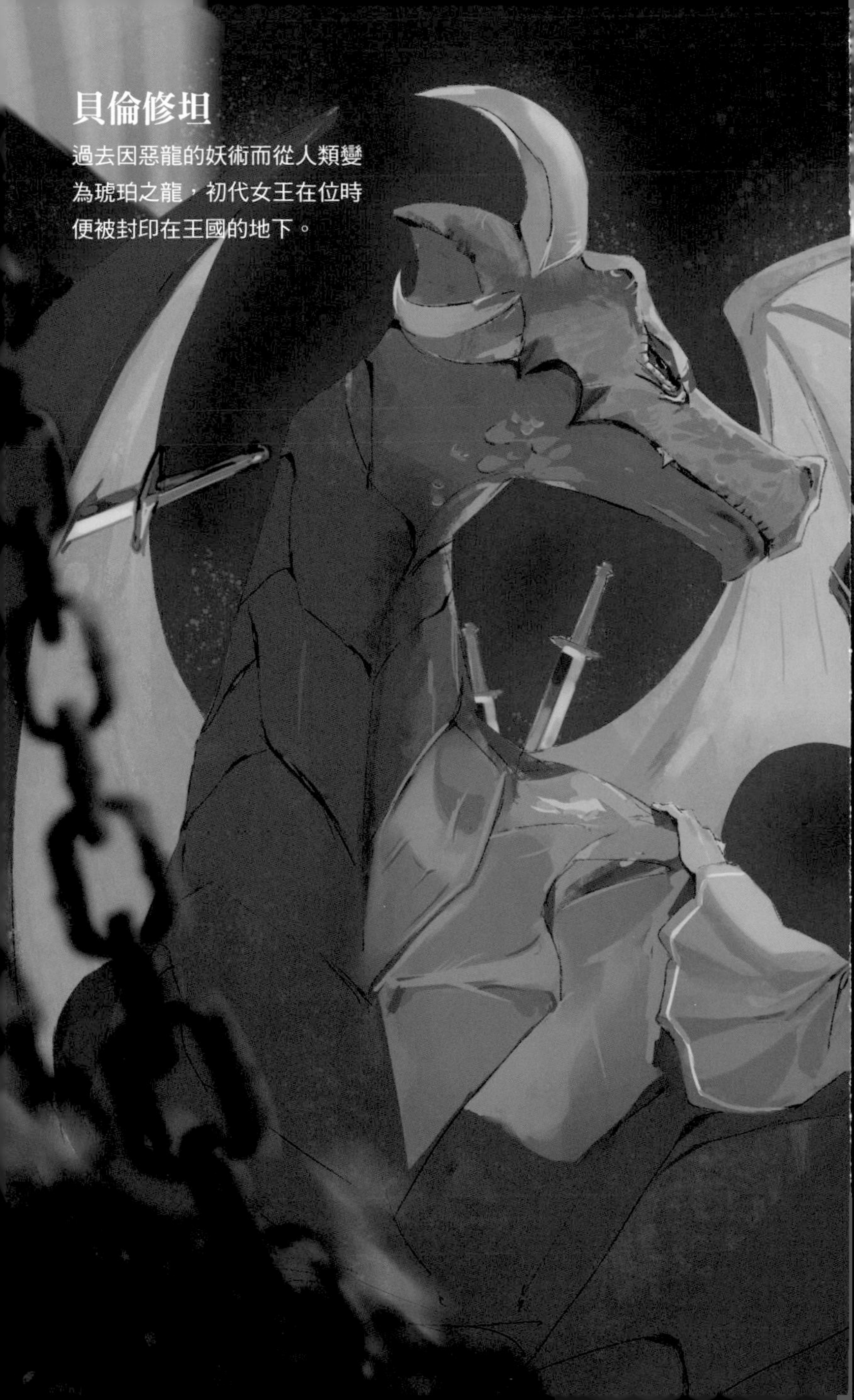

布倫希爾德
第五代女王的女兒，克琳希爾德的姊姊。在繼承王位的一年前因神力的「侵蝕」而病倒，儘管不忍心，仍然將王位交給了妹妹。
不打倒沃倫，
我們就沒有未來。
快想啊——為王國想出一條新的道路。

克琳希爾德與布倫希爾德

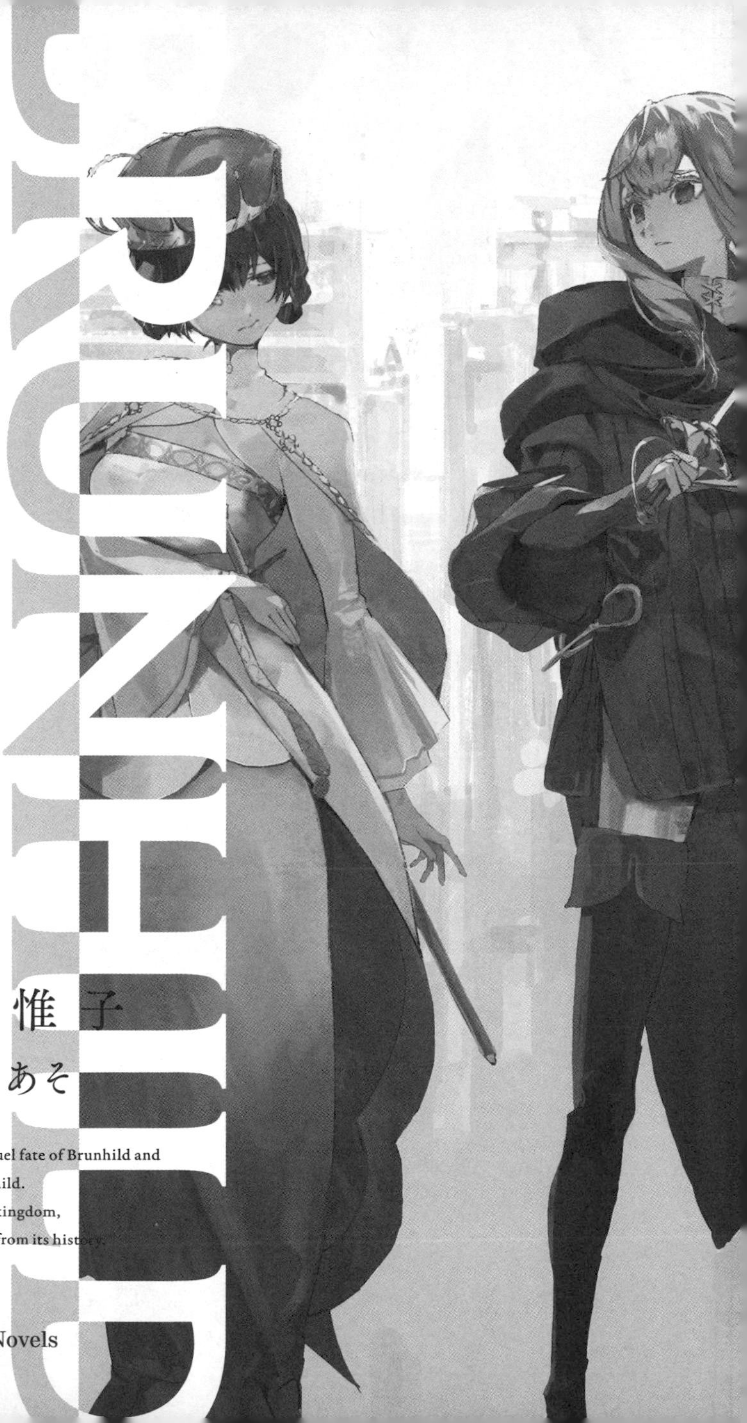

東崎惟子

[插畫] あおあそ

A strange and cruel fate of Brunhild and her sister Kriemhild.
They served the kingdom, and were erased from its history.

Kadokawa
Fantastic Novels

序章

女王即將死去。

一個女人躺在裝飾華美的床鋪上。她的頭髮與眼瞳都漆黑且水亮，年齡大約是三十五歲左右。

看在旁人的眼裡，她並不像是一個將死之人。雖然臉色有些蒼白，也不過是不特別觀察就看不出來的程度。

即使如此，這個女人仍然瀕臨死亡。她的身體遭到名為「侵蝕」的疾病摧殘。

女王對守在一旁的我說：

「我即將死去。」

我立刻回應：

「您不會死。神不可能死去。」

「我……並不像神那麼偉大。我只是一介女王，屠龍女王。我再過不久就會死去。」

「即使您死去，也會再度復甦。」

我完全不相信這位女王會死。

女王對我來說就是神。

女王用溫柔的音調呼喚我的名字。

「你是個非常堅強的孩子。在我收養的孩子之中，你比誰都還要正直。所以，你才會對我抱有幻想。」

女人用有些後悔的眼神說：「——這讓我放心不下。」

女人的黑眼注視著我，看起來卻像眺望著遠方。身為神的女王或許能看見我的未來。

我則看不見那個未來。

「請你千萬別忘記，我絕對不是神。我所創造的王國也並不完美。所以，即使王國在我死後瓦解……也請你別傷心。」

女人伸出手試圖擁抱我。

不過，因為已經沒有力氣了，她最終只有觸碰臉頰。

「儘管我沒能讓所有人民幸福，至少在能力所及的範圍內，我希望身邊的人都能幸福。也包括你……」

女王的話到此為止。我走出女王的寢室。這個時候，女王最信任的隨從正好跛著腳走進房間。

我呆站在迴廊上，思考女王的話中之意。

我聽不懂女王到底在說什麼。

我走向窗邊。從王宮的窗戶可以眺望整個王國。

眼前是女王創造的完美王國，這個國家十分美麗。

從第一次見到的時刻起，這幅景色的美麗始終不變。

後方忽然傳來一陣騷動。侍女與傭人都在吵鬧，說女王死了。

她真的死了嗎？

我回到女王的房間，發現她真的死了。

後來我等了幾天，她卻沒有復甦。

所以，我下定決心。

我要守護從那扇窗戶望見的王國。

不會讓任何人玷汙那幅美景。

讓那個王國化為永遠——

第一章

有一個王國由名叫齊格菲的屠龍者擔任女王。

那名屠龍者是神之子。她雖然身為人，卻極度接近神。

這名少女過去曾是一名龍巫女。

她使用寄宿在體內的「神力」殺死過去支配王國的惡龍——當時自稱為神龍——然後成為女王。

屠龍女王十分善良。她憂國憂民，達成了許多豐功偉業。她不只從惡龍的支配中解放了人民，更消滅了潛藏在王國內的其他龍群，並廢除長久以來遭受歧視的階級，以雷霆擊退來襲的外敵，與友好的國家進行貿易，使國家逐步發展。

自從女王殺死惡龍，過去了將近百年的歲月。

兩位公主殿下待在一個到處散落著禮服的房間。她們是第五代女王的女兒。

「我看看，我的妹妹比較適合穿哪件衣服呢？」

十三歲的布倫希爾德比較拿在左手與右手的禮服。

「不，兩件一定都很合適。因為妳是我的妹妹嘛。」

「姊姊……我差不多該開始換衣服了。」

畏畏縮縮地這麼說的人，是比布倫希爾德小一歲的妹妹——克琳希爾德。她的聲音很小，從中能聽出怯弱的個性。她穿著內衣等待姊姊選好衣服，已經過了大約一個小時。

姊妹倆都是黑髮黑眼。這就是齊格菲家女兒的特徵。

「要是再花更多時間，就來不及參加派對了。」

今天王室與貴族之間要舉辦初代女王的誕辰紀念派對。

布倫希爾德沒有從雙手的衣服上移開目光，這麼回應：

「稍微遲到一下有什麼關係？我們可是齊格菲王室的女兒耶。」

「因為是王室就驕傲，好像不太……」

「妳說不定會遇到未來的伴侶喔？因為整個王國的有力貴族都會來參加今天的派對。我聽說母親大人也是在這場派對上認識父親大人。既然如此，就算會遲到，也應該要穿上最棒的服飾去參加。妳搞不好會看上別人，或是被別人看上。」

「我……我才不會呢。」

克琳希爾德稍微紅了臉。

「因為我才十二歲……」

「應該要說已經十二歲了吧……嗯，就決定是這件禮服了。」

布倫希爾德決定讓妹妹穿上右手拿著的禮服。穿著內衣的妹妹心想終於能穿衣服了，於是鬆了一口氣。布倫希爾德開始幫妹妹穿衣服。穿著王室禮服需要複雜的步驟，所以通常由侍女協助更衣。可是，布倫希爾德沒有拜託侍女替自己的妹妹穿衣服。她很喜歡親手替妹妹打扮，也認為自己是能將妹妹打扮得最漂亮的人。

「因為我最了解妳了……」

更衣終於結束了。

原本穿著內衣的少女已經變身成一位身穿典雅禮服的公主殿下。

布倫希爾德看著妹妹，一臉滿意。

「嗯，不是我要自誇，我妹妹美得就像一幅畫。」

「說得太誇張了啦。」

姊姊突然抱住怯弱的妹妹。

「姊姊，妳怎麼了……」

「我只是很寂寞。妳長得這麼標緻……大概再過不久就要離開我身邊了吧。」

這對姊妹的成長過程缺乏父母的愛。

姊妹倆出生以後，父親很快便死於意外。母親身為女王，每天都忙著處理公務。母親安排許多侍女和傭人，讓姊妹倆過著衣食無缺的生活，然而不論派多少人服侍，外人終究是外人，永遠不可能變成家人。

因為身處這樣的狀況，布倫希爾德便自然而然萌生必須守護妹妹的念頭，妹妹對姊姊的依賴漸漸勝過了母親。

「妳乾脆當國王吧，然後我來當女王。這樣我們就能一直在一起了。」

「姊姊真愛說笑。」

克琳希爾德苦笑。

「不過，這個主意很迷人呢。至少，現在的我沒辦法想像離開姊姊身邊的未來。不管被什麼樣的男士追求都一樣。」

布倫希爾德忍不住緊緊擁抱克琳希爾德。

「妳這麼說也太可愛了吧。」

她暫時抱著妹妹，然後放開妹妹說：

「差不多該走了。要是讓馬車繼續等下去，那就太可憐了。」

兩人搭上馬車，從離宮出發。兩人上車的時候，已經比預計出發的時間晚了兩個小時。

因為等了太久，駕駛看起來相當煩躁，讓克琳希爾德感到很抱歉。

馬車領著護衛的騎士，往會場前進。歷年的派對都是在舊王室的私人宅邸舉行。馬車行經一段山路。

克琳希爾德無意間往旁邊一望，從馬車的窗戶看見騎士騎著馬並排前進的模樣。

在車廂內，克琳希爾德詢問布倫希爾德：

「真的有需要這麼森嚴的戒備嗎？」

「大概是怕有什麼萬一吧……最近跟異國的戰爭越來越多了。」

布倫希爾德等人的王國並不是規模很大的國家。不過，這個王國具備獨有的技術與能源，這十年左右突然有許多異國軍隊為此發動侵略。

「這表示初代女王陛下的影響力正在漸漸減弱吧。」

初代女王的力量是歷代女王之中最強，她使用足以稱之為神通力的壓倒性武力，擊退了所有來犯的異國軍隊。從此以後，王國有很長一段時間都沒有受到侵略，初代女王卻早已在七十多年以前逝世。

外界對布倫希爾德等人的王國抱有的恐懼已經漸漸消失。

「是啊，我們得小心一點才行。因為異國所追求的特殊技術和能源，其中一部分就在我們身上。」

齊格菲家具有極為特殊的血統。這個家族經歷一番波折以後，體內開始帶有名為「神力」的神祕能源。由於這股「神力」，齊格菲家的人都具有各式各樣的特殊能力。因此，其他國家都想要得到齊格菲家的人，作為研究材料使用。

克琳希爾德露出不安的表情，而布倫希爾德沒有看漏。她握住妹妹的手說：

「妳不用這麼害怕。萬一有人來襲，我一定會保護妳。」

克琳希爾德淺淺地笑了笑。她的恐懼看起來似乎稍微減緩了。

「嗯，既然姊姊會保護我，我就什麼都不怕了。」

克琳希爾德望向窗外，看見與馬車並行的騎士。

「而且還有這麼多騎士在保護我、們……」

克琳希爾德的話語驟然停止。

因為隨著「唰」的一聲，有紅色的液體潑灑到窗戶上。

擔任護衛的騎士被某種東西襲擊了。

克琳希爾德發出小聲的尖叫。

「噫……」

窗外有一隻長得像獅子的怪物。從山林中衝出來的怪物咬碎了騎士的首級。

獅子轉動眼睛，看著車廂內的克琳希爾德，兩者四目相交。

布倫希爾德使勁將克琳希爾德拉過來，將她護在自己的下方。

下一瞬間，馬車大幅搖晃。看來是獅子怪物用身體衝撞了馬車。

「呀啊啊啊啊啊啊啊啊啊啊啊！」

克琳希爾德的尖叫聲在車廂內迴響。布倫希爾德用力抱緊克琳希爾德，試圖減輕她受到的衝擊。

視野正在迴轉，馬車側翻了。姊妹倆受到強烈的衝擊，卻沒有受傷。繼承「神力」的兩人具有特殊的體質，一般的物理法則無法傷到她們。

側翻之後，馬車仍在劇烈搖晃。似乎是外頭的某種東西正在搖晃車廂。

隔著車壁可以聽見慘叫與猛獸的低吼聲。那些臨死吶喊恐怕是駕駛或擔任護衛的騎士發出的聲音。

獅子怪物的爪子在馬車門上抓出新月形的裂痕，光線照射到車廂內。

猛獸透過裂痕窺視兩人。

從口中露出的獠牙沾滿了鮮血。紅色的血滴往下墜落，布倫希爾德冷靜地拉著克琳希爾德逃往馬車深處。克琳希爾德只能害怕地哭泣。

「啊……啊啊！嗚啊啊……」

布倫希爾德儘量把陷入恐慌的克琳希爾德護在身後。

獅子怪物持續破壞馬車。裂痕越來越大，使得怪物的大臉得以逼近兩人。

「噫……不要……」

獅子怪物咬住克琳希爾德，將她強擄到馬車外。

「姊姊，姊姊！」

「克琳希爾德！」

布倫希爾德也追到馬車外面。

馬車外爆發了一場戰鬥。負責護衛兩位公主的騎士拔出劍，在山路上與刺客們交戰。刺客率領著無數的怪物。那是這個王國沒有的妖術，可見刺客來自異國。

騎士處於劣勢。

無數怪物推倒馬車，咬死了負責護衛馬車的許多騎士。在凶猛的獠牙之前，堅固的鎧甲似乎也派不上用場。

騎士唯一的強項是王國獨有的祕藥「生命靈藥」。

這是能夠治癒任何傷勢的藥。有騎士因怪物的攻擊而受了重傷，別的騎士於是對他使用靈藥。靈藥治癒了巨大的爪子抓出的傷痕，讓騎士得以重新站起。多虧這種靈藥，即使是面對怪物，騎士們仍然能勉強維持戰線。

可是，靈藥並非萬能。它對已死之人沒有效果。

在怪物的攻擊之下，不少騎士都當場死亡，騎士的人數正在慢慢減少。而且，即使是

萬能的靈藥也無法在一瞬間治好傷口。根據傷勢的輕重，至少需要幾分鐘的時間才能恢復戰鬥。戰線崩潰只是時間的問題了。

在激烈的戰鬥中，布倫希爾德看見獅子怪物咬著克琳希爾德跑走。

刺客的目的想必是綁架王室成員。

為了追上克琳希爾德，布倫希爾德拔腿就跑。然而這個瞬間，某個人拉起了布倫希爾德的身體。

對方是在突襲中倖存的騎士。騎著馬的這名騎士將布倫希爾德拉到馬背上。

正在交戰的騎士對騎馬的騎士大喊：

「快帶著布倫希爾德大人回王宮！」

這麼喊完的下一個瞬間，那名騎士就被怪物殺死了。

馬背上的騎士抱著公主駕馬離去。

布倫希爾德對騎士下令：

「快去救克琳希爾德！」

不過，騎士並沒有讓馬轉往克琳希爾德的方向。

「請原諒我，布倫希爾德大人。」

騎士自言自語般地低聲說：

「我至少要保住布倫希爾德大人……」

騎士的判斷是正確的。來自異國的怪物太過強大，護衛體制幾乎已經半毀，他們也沒有足以挽回戰況的裝備。既然如此，他們除了逃跑以外別無選擇。與其讓兩位公主都被擄走，不如確實保護一個人。

分別之際，姊妹倆的視線交會。

被獅子咬住而逐漸遠去的妹妹始終注視著姊姊。

她的哭聲漸漸變小，最後消失。

獅子怪物奔下山，往王都的反方向跑。克琳希爾德可以從周圍的風景看出，牠應該正在往國境門的方向前進。

被獅子咬著在草原上奔馳，其他騎著怪物的刺客就追上來了。克琳希爾德聽見了他們的對話。

「哈哈！我們得到『神力』了。」

「只要研究這股力量，我國的軍事實力就會大幅躍進。」

果然如此。正如姊姊所說，自己似乎會被綁去當作實驗動物。

克琳希爾德害怕得連聲音都發不出來。

刺客的聲音傳進耳裡。

「話說回來，這個丫頭的臉還真是令人火大。」

「越看越像那個女王。」

這些刺客過去曾跟第五代女王——也就是克琳希爾德的母親——戰鬥，並敗下陣來。他們對女王抱持特別強烈的恨意。

「稍微玩玩吧。」

刺客對獅子怪物送出指令。這個瞬間，獅子怪物用更強的力道咬住克琳希爾德。

「啊……！」

鮮明的痛楚讓克琳希爾德發出銳利的哀號。面對怪物的血盆大口，不要說小孩子了，連大人也承受不住。

然而，克琳希爾德平安無事。她沒有流血，甚至毫髮無傷。

「嗚……嗚嗚嗚……」

儘管如此，克琳希爾德還是因體內殘留的痛楚而呻吟。

歷代女王都擁有無敵的肉體。多虧寄宿在體內的「神力」，普通的武器無法傷害她們。布倫希爾德與克琳希爾德也從母親那裡繼承了「神力」。可是，或許是代代退化的關係，她們只繼承了一部分的因子。

正確來說，姊妹倆的身體雖然無敵，卻會暫時受傷。

只要被咬、被砍，她們就會暫時受傷，也會疼痛。不過，這時不完整的「神力」會發揮作用，瞬間治好傷口。所以，她們最終還是毫髮無傷而無敵。兩人擁有的「神力」已經從「銅牆鐵壁般的防禦力」退化為「強大的再生能力」。

馬車側翻的時候，布倫希爾德護著克琳希爾德並不是為了防止妹妹受傷，而是為了防止她疼痛。

她們會感覺到痛。這是她們的弱點。

看到克琳希爾德痛苦的樣子，刺客們笑著說：「哈哈！真可悲。」

遭受折磨的克琳希爾德心中，恐懼正在膨脹。

被擄走以後，自己究竟會遭受什麼樣的對待呢？不會死的身體助長了恐懼。就算被大卸八塊，自己也死不了。她無法藉由死亡逃避。

「姊……姊姊……」

克琳希爾德怕得哭了。不過，沒有人能救她。

怪物的腳程就跟馬一樣快，就算逃走的騎士已經抵達王宮並呼叫救援，也來不及救出克琳希爾德。所以，刺客任由克琳希爾德放聲大叫。這是非常惡劣的遊戲。

哭喊「姊姊」的聲音響徹四周。

刺客們因此大笑。

「哈哈、哈哈哈哈哈哈！」

他們盡情地笑著。

不過——

笑聲突然停止了。

克琳希爾德的嬌小身體同時飛向空中。她看見獅子怪物的腳被一支箭射中，原本正在奔跑的怪物失去平衡，翻滾到地上。

被拋向柔軟草地的克琳希爾德聽見馬蹄的聲音。

一匹馬跑了過來。那是騎士的馬，騎在上頭的卻不是騎士。

而是公主。

是布倫希爾德。布倫希爾德將擔任護衛的騎士推下馬，奪走了馬匹。

馬背上的布倫希爾德架起弓箭。她的箭法百發百中。狩獵屬於王室的教養之一，這是她在多次狩獵之中磨練出來的技巧。她巧妙地運用全身的肌肉，以少女的身形駕馭成年男性所用的弓。

看到布倫希爾德從箭筒抽出下一支箭追上來的模樣，克琳希爾德大叫：

「姊姊，請別過來！」

克琳希爾德剛才向姊姊求助，現在卻很擔心姊姊會被抓到。不能讓她落得跟自己一樣的下場。

可是，姊姊對妹妹的吶喊充耳不聞，搭起第二支箭。

然後放箭。

隨著「咻」的一聲，第二支箭射中刺客。儘管是在不穩定的騎馬狀態下射擊，箭矢還是劃出漂亮的軌跡，飛向刺客的眉心。

「臭小鬼！」

夥伴被殺的刺客對獅子怪物下令，獅子怪物撲向布倫希爾德。布倫希爾德巧妙地控制馬匹，試圖躲開獅子怪物，卻來不及。

「唔！」

怪物靈巧地跳躍，咬住布倫希爾德的脖子。雙方扭打在一起，布倫希爾德因此從馬背上墜落，就這麼被壓制在草地上。

雖然布倫希爾德是運動神經比較發達的人，卻也沒有力氣能推開體型是自己兩倍以上的怪物。

一陣一陣的咻咻聲傳了出來。這是布倫希爾德呼吸的聲音。怪物的血盆大口咬著布倫希爾德的喉嚨，使得氣管遭到壓迫，讓她難以呼吸。雖然身體不會受傷，再這樣下去會因為氧

氣無法輸送到大腦而在幾秒後失去意識。

她只能等著跟克琳希爾德一起被擄走。

布倫希爾德的手從獅子怪物的身體下方露出，抽搐似的動了一下。

「啊啊，姊姊……」

克琳希爾德以為她在掙扎著呼吸。

不過事實並非如此。

突然間，她的右手產生光芒般的東西。這道光是神的武器。

王國稱之為雷霆。

這是將「神力」如閃光般射出的攻擊，也是初代女王擅長的招式。

布倫希爾德的右手放出灼燒怪物的攻擊。

儘管從母親那裡繼承了「神力」，布倫希爾德直到今天才有辦法使用雷霆。不過，她絕對不是沒有資質。沉睡的「神力」在危急狀況的刺激之下，終於覺醒了。

怪物的頭部被燃燒殆盡。失去頭的身體倒下來，壓住布倫希爾德。瀑布般的鮮血從傷口流出，浸溼了草原。

布倫希爾德從怪物的屍體下爬出來，然後馬上在右手上凝聚雷霆，對刺客施放。刺客沒有想到強壯的僕人會被小丫頭殺死，所以渾身都是破綻。

光的箭矢射穿刺客的手腳。剩下的怪物繼續攻擊布倫希爾德，但是牠們根本不是公主的敵人。布倫希爾德已經學會雷霆的使用方式，怪物們面對光之箭矢也無能為力，紛紛死去。

克琳希爾德坐在草原上，茫然地望著姊姊的英姿。

結束戰鬥的布倫希爾德來到克琳希爾德身邊。漂亮的禮服都沾上了泥巴和鮮血。

姊姊溫柔地說：

「妳沒受傷吧？……不對，當然沒有了。」

這個瞬間，克琳希爾德放聲大哭。

「嗚哇啊啊！啊啊啊啊！」

這次的淚水不是出自恐懼，而是出於安心。

「姊姊……姊、姊！」

哭泣的克琳希爾德變得口齒不清。

「為什麼……為什麼妳要這樣亂來……」

這句話讓布倫希爾德愣住了。

她望向掉在一旁的弓。那是從騎士身上搶來的弓。

「妳明明知道，靠那種裝備根本贏不了。」

「是啊，要不是剛好學會使用雷霆，我也會被抓走。」

「那妳為什麼……」

「因為我覺得與其讓妳一個人被綁到可怕的地方，就算我被抓走也沒關係。」

「不可以，姊姊。請妳再也不要做出這種事了……」

布倫希爾德用生硬的表情說：

「這個嘛……如果還有壞人出現……我應該還是會去救妳──不管妳在哪裡。」

「……我就說不行了。」

雖然嘴巴上這麼說，克琳希爾德還是非常高興姊姊如此關心自己。

「我們回去吧。騎士們應該正在擔心我們。」

布倫希爾德牽起克琳希爾德的手，帶她走向自己騎來的馬。

兩人騎上馬，往王宮出發。

布倫希爾德坐在前面，克琳希爾德坐在後面。

克琳希爾德用手環抱姊姊的腰，以免從馬背上摔下來。

體溫透過姊姊的背傳遞過來。

感覺很溫暖。

後來過了兩年的歲月，在姊姊十五歲、妹妹十四歲的某一天──

身為現任女王的母親病倒了。

原因是「侵蝕」。

這是誕生在齊格菲家的宿命，他們全都因為寄宿在體內的「神力」而相當短命。人的肉體無法承受如此強大的力量，所以會漸漸損壞。這種現象就稱為「侵蝕」。

現在女王正在王宮專心接受治療，但她顯然無望痊癒。現任女王是第五代。過去的四位女王都曾陷入同樣的狀態，最後回天乏術。女王幾乎等於已經死去。

由於女王病倒，要讓兩位公主的哪一位繼承王位的問題浮上檯面。

布倫希爾德為了討論關於王位繼承的事，前往克琳希爾德的房間。

布倫希爾德對克琳希爾德說：

「從現在算起的一年後，就要舉辦加冕典禮了。到時候會正式確定我們之中的誰會成為女王……克琳希爾德，我打算成為女王。」

克琳希爾德沒有異議。

「我也覺得這樣比較好。我不像姊姊這麼有威嚴，恐怕不是領導人民的料。」

「我的理由不是那樣……我只是覺得妳太善良了，不適合領導人民。」

布倫希爾德很擔心。她擔心如果妹妹成為女王，肯定會有人想利用妹妹的善良。

克琳希爾德對布倫希爾德說：

「我相信姊姊一定能成為最了不起的女王。請妳讓王國變成比現在更美好的國家吧。」

「我會努力。雖然不知道能不能像初代女王一樣做好每一件事，我會盡全力……」

布倫希爾德停止話語。

「姊姊？」

「唔……」

突然間，布倫希爾德按著胸口，露出痛苦的神情。她臉色泛白、冷汗直流，最後甚至以雙膝跪在地毯上。

「姊姊！姊姊！」

她看起來好像生了什麼病。克琳希爾德慌慌張張地從雜物收納盒裡取出一個小瓶子。瓶子裡裝著金黃色的液體。

「沒事的，姊姊。我拿『生命靈藥』來了。」

「生命靈藥」是初代女王達成的偉業之中，特別偉大的一種發明。

初代女王能將右手觸碰到的水變成靈藥。這種靈藥的效果非常驚人，可以驅逐任何病魔，治癒任何傷勢。除了死亡以外，它都能克服。

初代女王駕崩後，歷代女王都會持續製作靈藥。多虧如此，靈藥逐漸普及，現在王國已經沒有病魔或傷患了。

「姊姊，請張開嘴巴。」

布倫希爾德就像雛鳥般張開嘴巴。克琳希爾德把靈藥倒進她的口中就放心了。因為不論是什麼樣的疾病，都能用這種靈藥治癒。

然而——

「呼……呼……呼……！」

明明喝下靈藥的幾分鐘後，應該就會發揮效果，就算等了十分鐘，布倫希爾德的痛苦仍然沒有緩解的跡象。

她甚至咳出鮮血，弄髒了地板。

「怎麼會……為什麼？」

儘管克琳希爾德不知所措，還是思考自己能做些什麼。

「我去……我去叫醫生。姊姊，請忍耐一下。」

克琳希爾德奔出房間呼喚醫師。

可是，她沒有立刻找到醫師。因為「生命靈藥」這種萬能藥已經普及至全國，使得醫師這個職業幾乎消失。過去待在離宮的御醫也早在許久以前就被辭退了。

結果，過了一個晚上才有醫師抵達。因為她只能從王宮將隨侍在女王身邊的醫師帶來。

女王的醫師替布倫希爾德診斷以後說：

「這與女王陛下的症狀相同。不，情況更糟糕。」

根據醫師的說法，布倫希爾德體內的「神力」已經提早惡化了。

「這毫無疑問是『侵蝕』。」

「侵蝕」無法用「生命靈藥」治癒。因為兩者都是源自於「神力」的產物。

克琳希爾德注視著睡著的姊姊詢問醫師：

「請問……姊姊以後會怎麼樣呢？」

「她的身體應該會逐漸衰弱。照這個情況看來，布倫希爾德大人恐怕很難即位了……」

醫師說得沒錯。

布倫希爾德一天比一天虛弱。

首先是體力下降。只要稍微活動一下，她就會氣喘吁吁。明明有在鍛鍊，肌肉卻持續衰退。肌膚的色澤也開始變得蒼白，眼窩變得越來越凹陷。她會連連咳嗽，甚至吐血。

最後連頭髮與眼睛的顏色都改變了。

頭髮變成白色，眼睛變成紅色。

布倫希爾德原本具有的色素開始流失。

她成了一位體弱多病的白色公主。

隨著布倫希爾德變得衰弱，宮中臣子們漸漸開始放棄她。

「布倫希爾德大人恐怕已經沒有機會繼承王位了。」

「既然如此，侍奉她也沒有意義。」

臣子們這麼說，紛紛離她遠去。

某天晚上，克琳希爾德造訪布倫希爾德的房間。

床上的布倫希爾德一看見克琳希爾德的臉，便露出虛弱的微笑，然後發出陣陣咳嗽聲。

「謝謝妳來看我。」

侍從們也已經不再跟布倫希爾德有多餘的接觸。原因之一是她得了不治之症而遭到人們避諱。

「不久之前還有很多臣子試圖討好我，現在就連那些人都不想理我了。他們一旦消失，還是會讓人覺得很寂寞呢。」

「就算所有臣子都拋棄姊姊，我還是會待在姊姊身邊。」

所以——克琳希爾德接著說。

「請放棄成為女王吧。我知道姊姊還沒有放棄成為女王，不斷鞭策生病的自己，努力累積身為女王應有的智慧。」

布倫希爾德私下持續學習女王所需的教養，也拚命想辦法恢復體力。她完全不理會宮中臣子的閒言閒語。

「現在的姊姊最需要的是好好調養身體。」

「可是……如果我不當女王，妳就得當女王了。」

「我沒關係。雖然我沒有姊姊那麼可靠，還是會善盡自己的職責。所以，請姊姊好好休息吧。」

「我不能答應這個請求。」

「為什麼……」

布倫希爾德露出遙望遠方的眼神。

她的眼神彷彿看著另一個地方，十分不可思議。

「……受到『侵蝕』的摧殘，我知道了一件事。在『神力』的侵蝕之下，我的眼睛好像更接近神了。儘管很模糊，我看得見未來。」

布倫希爾德將目光轉到克琳希爾德身上。

「妳千萬不能當上女王。因為妳一定會有很淒慘的遭遇。」

「悽慘的遭遇……」

「至於具體上會發生什麼事，我就不知道了。」

布倫希爾德為了安撫克琳希爾德，把妹妹抱了過來。

「放心吧，我這個姊姊會保護妹妹。從以前到現在不都是這樣嗎？」

「嗯，我放心了……」

這是謊言。

擁抱自己的力道實在太虛弱，反而讓克琳希爾德感到不安。

布倫希爾德主動下床，開始活動。

成天躺著也無法改變什麼。醫師已經對布倫希爾德的症狀束手無策。

踏出王宮的布倫希爾德要去的地方是學院。

學院是有許多國內外學者的大型研究機構。脫離惡龍支配的王國為了與外國進行交流，建立了這座設施，創立者是初代女王。王國的目的是招募來自國外的學者，引進我國所沒有的技術。國外的學者則為了學習王國特有的技術與學問——主要關於精靈與魔法——而來到這裡。

布倫希爾德認為或許能在這裡找到治療「侵蝕」的線索。由於王國依賴靈藥，醫學與藥學都已經衰退，所以只有與異國交流的學院會教授這些知識。

抵達學院的布倫希爾德一開口就對院長這麼說：

「幫我準備一間專用的研究室。我想住在這裡念書。」

院長相當困擾。

「學院的教室都有一定的用途。很抱歉，我們恐怕沒有能讓公主殿下使用的空間……」

「地下室還空著吧？」

「咦咦！」

院長很驚訝。

「可是，這座學院的地下有……」

「我知道，沒關係。放心吧，我可是屠龍者的女兒。」

「既然公主殿下都這麼說了……」

地下室立刻被打掃乾淨，作為布倫希爾德專用的研究室。

布倫希爾德開始在地下研究室展開關於「侵蝕」的研究。

當她結束一天的研究，正要就寢而坐到床上的時候——

地下室的那東西出現在布倫希爾德面前。

『沒想到一覺醒來，就有客人造訪呢。』

傳出的聲音並非來自人類。如此不可思議的聲音會直接在腦中迴響。

這是稱為「龍之言靈」的語言。

所以，聲音的主人是龍。

全長三公尺、體高兩公尺左右的龍從地下室深處現身。他有著琥珀色的鱗片與眼睛。

就算看見這頭龍，布倫希爾德也沒有驚訝。

她早就知道地下室有龍，卻還是選了這個房間。

這個王國過去有許多龍潛伏在其中。

倖存下來的一頭龍，就是這頭琥珀色的龍。

這個王國直到百年以前都遭受惡龍所支配，他在各地部署了龍群作為自己的私人軍隊。

不過，這些龍並非一出生就是龍。他們原本是人類，卻被惡龍的妖術奪走意識，變成了龍。

這些龍遭到女王驅逐，卻有少部分的龍獲得赦免。奇蹟般保有人類意識的龍並沒有被殺死。他們的外表是龍，但仍然保有人類的心。話雖如此，也不能讓這些龍在外拋頭露面。畢竟王國曾經數度發生龍所引起的慘劇，結果他們只好被封印在地下室或監獄塔等地方。

布倫希爾德注視著龍。她的眼裡沒有畏懼，所以龍很驚訝。

『龍就在眼前，妳竟然不怕。』

布倫希爾德對龍說：

『我們從今天開始就要一起生活了，請多關照。放心吧，我絕對不會打擾你的生活。』

『竟然懂得「龍之言靈」。妳是屠龍公主的女兒吧。』

『沒錯，我是齊格菲家的公主。』

齊格菲家的後裔之中，經常會出現能說「龍之言靈」的人。布倫希爾德與克琳希爾德便是其中之一。

「龍之言靈」不需要發音。彼此能在不出聲的狀態下向對方的頭腦說出自己所想的話。

琥珀之龍定睛注視著布倫希爾德，然後感慨萬千似的說：

『這樣啊，妳是初代女王陛下的……』

琥珀之龍看著布倫希爾德的眼神帶著愛憐。

布倫希爾德鑽進被窩，同時說：

『那麼，我今天要睡了。啊，你想襲擊我就儘管襲擊吧。』

『我怎麼可能襲擊妳。面對屠龍者的女兒，龍沒有勝算。』

布倫希爾德會開玩笑，是因為知道沒有龍能勝過自己。

隔天，布倫希爾德一起床便開始研究。琥珀之龍一直看著她。

龍並沒有干涉公主。

因為已經說過不會打擾對方的生活，布倫希爾德也沒有向他搭話。

布倫希爾德來到這裡已經過了三天。

這三天來，琥珀之龍都沒有主動說話，只是一直注視著布倫希爾德。

終於受不了的布倫希爾德開口說：

『……如果你有事，就主動開口啊。』

龍回答：

『妳這麼專心研究，我不能打擾妳。』

『你這樣一直看著我，會讓我分心啦。』

布倫希爾德把手上的書放回書架，走到龍面前。然後，她猛然將臉湊進對方說：

『看著我有趣嗎？』

『非常有趣。』

龍毫不猶豫地回答。

『我被封印在地下，已經過了將近百年。沒有人會來見我，我也不會外出。我正無聊的時候，妳就出現了。就連不經意的一舉一動，對我來說都充滿了刺激性。而且妳還是個貌美的女性，我當然看也看不膩。』

『哎呀呀……』

布倫希爾德的臉頰微微泛起紅暈。

『我明明聽說龍是一種高尚的生物，不會搭訕女人。』

『我並非純種的龍。我原本是人類，見到美女也會想搭訕。』

龍提出疑問：

『我才想問，妳為何要窩在這種地下室？花樣年華是很短暫的喔。妳應該出去曬曬太陽，跟男人一起玩樂。』

『我覺得有點累。不是對男人，是對所有人類……』

布倫希爾德說起自己來到這間研究室的來龍去脈。

自己是公主，原本將登基為女王，卻因為「侵蝕」而不得不考慮放棄。一旦失去繼承王位的希望，周圍的人便紛紛拋棄了自己。

『所以，我覺得這樣正好。待在封印著龍的地下室……就不必接近其他人了。』

『很遺憾，我是外表像龍的人類。妳所期望的龍，恐怕只存在於樂園伊甸。』

布倫希爾德低著頭說：

『是啊。』

或許是因為她的神情看起來有些寂寞，龍體貼地繼續說：

『……不過，我雖然是人類，卻已經遠離塵世很久了。我對人的地位或金錢沒有興趣，不管妳能不能當上女王，我都不在乎。我也不是不能模仿妳所期望的高尚情操喔。』

布倫希爾德小聲地噗哧一笑。

『假裝高尚有意義嗎？』

『我也不知道。』

布倫希爾德說：

『既然這樣，你應該不會拋棄我吧？』

『當然不會。畢竟妳也是我睽違百年才獲得的聊天對象。』

『琥珀之龍，你叫做什麼名字？』

龍自稱貝倫修坦。這是他還是人類時的名字。

後來布倫希爾德與貝倫修坦開始會談論各種話題。

布倫希爾德的話題大多是關於妹妹。不管聊到什麼話題，幾乎都會連結到妹妹。貝倫修坦看得出布倫希爾德究竟有多麼關愛妹妹。

『為了幫助我妹妹，我一定得當上女王。我要治好「侵蝕」……』

貝倫修坦被她們的姊妹之情打動，於是萌生協助她研究的念頭。

而且，貝倫修坦很感念初代女王的恩情。他過去曾有過差點被屠龍者殺死的經驗。對方是一名少年屠龍者。當初就是初代女王救了陷入絕境的貝倫修坦一命。

初代女王的子孫碰到困境，他當然不能坐視不管。

『我可以把我的血和鱗片分給妳。雖然龍血是劇毒，經過稀釋就能入藥。鱗片也應該能萃取成良藥。』

布倫希爾德對於貝倫修坦的提議求之不得。龍血與鱗片具有許多尚未查明的神祕作用。

『謝謝你，貝倫修坦。』

經過反覆的測試與修正，布倫希爾德一步步做出治療「侵蝕」的藥。

經過一年的歲月，埋首研究的公主已年滿十六歲。

治療「侵蝕」的試驗藥物終於完成了。

不過，期限也越來越近了。

三天後，正式決定王位繼承人的日子就要來臨。

拿著完成的試驗藥物，布倫希爾德的手正在顫抖。

『如果這個沒有效，我就……』

貝倫修坦說起為她打氣的話。

『妳為這種藥耗費了一年的時間，一定有效。』

布倫希爾德無力地笑了笑。

『這句鼓勵連安慰都算不上呢……』

『我不是在安慰妳。這一年來，我都把妳的努力看在眼裡。不過，如果妳不喝，那倒是正合我意。因為「侵蝕」一旦痊癒，妳以後就不會再來這間地下室了。』

貝倫修坦的心中確實有不想失去聊天對象的念頭。

『如果妳想陪我一輩子，不喝也沒關係喔。』

『雖然我不想陪你一輩子……就算我痊癒了，也會偶爾來看你啦。』

布倫希爾德下定決心，喝光試驗藥物。

貝倫修坦認為這是正確的決定。

接下來只要等待藥效發揮即可。一整年的努力都寄託在這瓶藥裡了……

然而——

布倫希爾德開始劇烈咳嗽。按住嘴巴的手沾上了血。

藥並沒有奏效。

布倫希爾德從來沒有這麼沮喪過。

她坐在地下室的椅子上，呆呆地望著室內的角落。她原本那麼熱衷於研究，現在卻再也無心投入了。散亂在桌上的實驗道具與讀到一半的文獻看起來相當淒涼。

不管貝倫修坦說什麼都沒用。她就像一具人偶，一句話都不說。貝倫修坦不知道究竟該對她說些什麼才好。貝倫修坦這一年來都把她的努力看在眼裡，可是這一切都化為烏有了。

過了三天，布倫希爾德總算開口說：

『對不起，克琳希爾德。我害妳必須當上女王了……』

貝倫修坦認為這是鼓舞布倫希爾德的好機會。

『布倫希爾德，妳今後要不要試著為自己而活呢？想繼續開發治療「侵蝕」的藥也好，享受剩下的人生也罷。不管怎麼樣，應該至少比窩在這間陰暗的地下室還要好。』

布倫希爾德回答：

『貝倫修坦，你才是。』

『我？』

布倫希爾德從洋裝的口袋裡取出一個寶石。那是一條藍寶石項鍊，寶石的部分刻著古代文字。

她將項鍊戴到龍的脖子上。

然後，布倫希爾德閉上眼睛。

轉眼間，貝倫修坦的身體開始發光。

龍的發光剪影逐漸變成人類的形狀。

「什麼……」

光芒消失的時候，貝倫修坦已經變成人類的模樣。這是他在遙遠的過去喪失的真面目。

貝倫修坦透過旁邊的鏡子看著自己，再三觸摸自己的臉。

「龍的祕術之中，有方法可以讓龍變成人的模樣。你不是純種的龍，所以好像不知道。我解讀家族故居裡關於龍的書籍，試著在寶石上雕刻了那種祕術。」

藍寶石在貝倫修坦的脖子下閃耀。

「老實說，我本來打算跟你一起走出這間地下室——如果我治好『侵蝕』，而你變回人類的話。可是，只有我沒有成功……」

布倫希爾德閉著眼睛說話，聲音正在顫抖。眼淚從閉上的眼瞼縫隙滲出。她為了忍著不哭才閉上眼睛，卻沒有用。

這個情況讓貝倫修坦也感到鼻酸。他已經很久沒有體會到這種熱淚盈眶的感覺了。因為龍的身體並不是能流淚的構造，他有將近百年都不曾哭泣。不論孤獨令他多麼寂寞，他的眼眶都不會湧出任何一點淚水。

「好了，你走吧，貝倫修坦。你已經自由了。」

「……我不可能走。」

貝倫修坦用人類的聲音回答。

如果拋下讓自己恢復人形的少女，不論去到哪裡都不可能快樂，而且那不是人該有的行為——貝倫修坦這麼想。

「布倫希爾德，妳是公主吧？既然如此，請妳讓我擔任妳的隨從。我想扶持妳，直到妳生命的盡頭。」

布倫希爾德苦笑。

「你是認真的嗎？」

「我不喜歡不好笑的笑話。」

「你這個人還真奇怪……好吧，我答應你。反正也只是暫時的職務。」

於是，龍當上了布倫希爾德的隨從。

「我一定會成為妳的助力。」

「以後又要請你多多關照了，貝倫修……坦……」

原本閉著眼睛的布倫希爾德緩緩睜開眼睛，一看見貝倫修坦便啞口無言。

布倫希爾德頓時面紅耳赤，低頭將目光從貝倫修坦身上移開。

因為貝倫修坦一絲不掛。

仔細想想也是理所當然的。龍不會穿衣服，變回人的模樣以後，身上當然沒有衣服。

「我……我第一次見到男士裸體的樣子……」

見到雕像般的壯碩身軀，布倫希爾德的腦中變得一片空白。

「總之我先幫你借一件學者用的衣服……」

兩人一起踏出學院。

布倫希爾德刻意在返回離宮的途中繞遠路。這麼做是為了已經有百年沒上街走動的貝倫修坦。

變回人類的貝倫修坦是一名大約二十五歲的男性。最明顯的特徵是帶著從容氣質的細長眼睛。原來如此，他確實有一張容易吸引女性的俊俏臉龐。布倫希爾德想起第一次見面的時候，他曾提過關於搭訕的話題。

「不過經過一百年，街道果然變得完全不同了。」

他四處張望的模樣就像個稚嫩的少年。

（這是睽違一百年的外出，也難怪他會這樣……）

他的眼神閃閃發光，布倫希爾德不禁微笑。

「那裡有餐廳呢。我很想光顧看看。」

貝倫修坦用手指著一家肉類料理店，而布倫希爾德也正好想吃肉。最近她一直閉關，所以身體很需要補充體力。

「嗯，就去吃頓飯吧。」

兩人走進肉類料理店，一起點了許多肉類料理。

布倫希爾德看著狼吞虎嚥吃著飯的貝倫修坦問：

「你不恨人類嗎？」

貝倫修坦一臉疑惑。

「為什麼這麼問？」

「難道不是嗎？你只不過是擁有龍的外表，就被長年關在地下室。」

「這個嘛，我確實會憤怒。」

儘管嘴巴上這麼說，貝倫修坦的口吻卻沒有一絲怒氣。他是個有點難以捉摸的男人。

「一百年前的我曾遭受歧視。不管我說什麼……雖然我們根本語言不通……人們都不願意聽，只想殺死我。」

「既然這樣——」

「可是，一百年前的我也感受到了愛。那是來自妳的祖先——初代女王的愛。只有她願意保護我，給我一個容身之處。直到女王陛下駕崩為止，我都居住在王宮。雖然以時間來算，只有短短幾年而已。」

貝倫修坦露出柔和的眼神。

「我還清楚記得從王宮望出去的景色。眼前的城鎮明明住滿了歧視我的人類，我還是覺得那片景色很美麗。」

「因為那是你敬愛的初代女王建立的國家吧。」

「那也是原因之一。」

「既然這樣……」

布倫希爾德用有些無力的聲調說：

「你或許不會喜歡現在的王國。自從初代女王以後，歷代女王都逐漸退化了。這個王國也是。」

來自異國的襲擊增加，歧視也漸漸有復甦的跡象。

由於對現任王室的不滿，民心比以前更浮躁。

「也許生活在地下室還比較幸福。」

可是貝倫修坦說：

「我喜歡這個王國，並不只是因為這是初代女王陛下建立的國家。我原本就喜歡人類。人類雖然愚蠢，卻也因此才這麼惹人憐愛。」

因為愚蠢，才惹人憐愛——布倫希爾德聽到他這麼說，坦白地回答：

「我聽不太懂。」

貝倫修坦笑了笑。

「妳很誠實。如果妳這個年紀就說自己能懂，那恐怕是騙人的。年紀增長以後，妳或許總有一天能明白。」

「是這樣嗎？」

「是這樣沒錯。」

貝倫修坦看著窗外的街景說：

「因此，這個王國現在也很美麗。就算是逐漸轉變的模樣，也是人們活著的證據。」

貝倫修坦這麼說的神情，在布倫希爾德眼裡就像一頭高尚的龍。他現在明明經由寶石的力量，變回了人類的模樣。

吃完飯的兩人往離宮出發。

布倫希爾德發現自己的心情好久沒有這麼開朗了，同時也發現自己這陣子有多麼消沉。

「謝謝你，貝倫修坦。」

「謝什麼呢？」

「多虧跟你一起散步，我好像稍微打起精神了。」

「不必道謝。畢竟我只是想跟貌美的女孩一起散步而已。」

布倫希爾德苦笑著心想，這種輕浮的個性就是他美中不足的地方。

克琳希爾德一直覺得自己很不爭氣。

她不像姊姊那麼聰明，個性又懦弱，而且還缺乏活力。她最討厭總是只能受姊姊幫助的自己。

她一直很想幫上姊姊的忙，哪怕一次也好。

姊姊因「侵蝕」而病倒了。

想幫助姊姊，只有這個機會。克琳希爾德動用自己身為公主的所有權限，尋找治癒姊姊的手段。目前很有可能成為下任女王的克琳希爾德身邊有許多願意聽命的臣子。她其實也不想依靠這些別有居心的人，不過還是為了姊姊而妥協了。

不只是國內，她也向國外尋求治好姊姊的手段。

然而，她終究還是沒有找到任何能治療「侵蝕」的方法。

兩天後就是加冕典禮的今天晚上，姊姊即將回到離宮。姊姊這一年來都在學院研究治療「侵蝕」的方法，但她的嘗試似乎也沒有成功。如果能找到治療方法，迎接姊姊的歸來就好了——克琳希爾德這麼想，再次對自己感到失望。

事情剛好發生在布倫希爾德正與貝倫修坦一起吃午餐的時候。

一個男人來到正陷入自我厭惡的克琳希爾德面前。

男人的名字叫做沃倫。

「公主殿下，打擾了。」

沃倫說著，踏進克琳希爾德的房間。

沃倫是一名老臣，從初代女王侍奉到現任的第五代女王。雖說歷代女王都很短命，沃倫的年齡少說也超過八十歲了。不過，他的外表比實際年齡更年輕，就算說是五十多歲也不奇怪。他總是抬頭挺胸，而且身材高大，眼尾與眉心刻著深深的皺紋。沃倫的眼神就像老鷹一般銳利。

他的突然造訪讓克琳希爾德驚訝地詢問：

「沃倫，你怎麼會來離宮？」

沃倫是攝政者，也是女王的親信。據說從第五代女王登基的時候開始，他便片刻不離地侍奉女王。這樣的沃倫竟然會拋下臥病在床的女王來到離宮，克琳希爾德感到不可思議。

「微臣有一樣物品要交給您。」

沃倫從包覆身體的長大衣內取出一把劍，將劍身從劍鞘中拔出。吸引目光的美麗刀刃閃耀著光芒。

「這把劍稱為治癒細劍。它不是用來傷人，而是用來治癒人的劍。這把劍施有異國的法術，具備除魔並為持有者減輕症狀的效果。」

雖然聽起來很不可思議，克琳希爾德卻認為不無道理。這把劍的劍身帶著柔和的色澤，讓人不禁相信它真的被施了治癒的法術。

沃倫將劍收回劍鞘，然後遞給克琳希爾德。

「歷代女王陛下都會隨身攜帶這把劍。它的治癒效果非常稀有，甚至對『侵蝕』也有效。倘若沒有這把劍，每一位女王陛下恐怕都會在年滿三十歲以前駕崩。第五代女王陛下吩咐微臣來此，將這把劍交給您。」

「為何要交給我？既然這把劍對『侵蝕』有效，臥病在床的母親大人才應該帶著它。」

「這把劍雖然能緩解『侵蝕』的症狀，卻無法完全治好『侵蝕』。陛下認為自己繼續帶著它也沒有意義，既然如此，就應該交給即將成為下一任女王的克琳希爾德大人。」

克琳希爾德收下細劍。

或許是錯覺，她彷彿能透過這把細劍感受到母親的慈愛。

「母親大人……」

多愁善感的克琳希爾德感到鼻酸，卻忍住了淚水。自從決定改變懦弱的自己以來，她便禁止自己哭泣。

「我希望克琳希爾德大人能夠儘量活得久一點。」

沃倫繼續說：

「而且，我也希望您儘量為王國效力久一點。請恕微臣直言，這正是女王的職責……守護王國往日的榮耀，是持續侍奉歷代女王的我所懷抱的願望。」

克琳希爾德誠心誠意地回答：

「我願意盡我所能。」

沃倫聞言便背對克琳希爾德。他似乎已經沒有其他的事情了。

克琳希爾德對轉身走出房間的沃倫說：

「沃倫，謝謝你。」

雖然沃倫一瞬間停下腳步，卻還是頭也不回地離開了房間。

到了晚上，布倫希爾德回到離宮。

克琳希爾德立刻前往布倫希爾德的房間。

「歡迎妳回來，姊姊。」

布倫希爾德上前迎接走進房間的克琳希爾德。

「我回來了。我也正想去找妳呢。」

布倫希爾德低頭說：

「……對不起，結果我還是沒辦法治療『侵蝕』。」

「姊姊沒有必要道歉。我已經作好成為女王的覺悟了……我才要道歉呢。結果我一點也沒有幫上姊姊的忙。」

克琳希爾德沒有藥學方面的知識，而且這一年來都要接受成為下一任女王的各種訓練。姊妹倆這一年鮮少見面。

布倫希爾德注視著克琳希爾德。她的眼神跟那個時候一樣，遙遠得就像在眺望別的地方。她的眼睛看得見克琳希爾德成為女王的未來，也看得見那並非好事。

注意到這股視線的克琳希爾德說：

「姊姊，請別用那麼擔心的眼神看我。我已經十五歲，不再是需要姊姊保護的妹妹。」

「可是……」

「妳這麼不相信我嗎？請相信我，我可是妳的妹妹呢。」

克琳希爾德很少用如此強而有力的聲調說話。

布倫希爾德埋首研究的時候，克琳希爾德已經下定決心。

她決定不再讓姊姊擔心。

溫柔的姊姊即使自己有生命危險，也總是在擔心妹妹。克琳希爾德雖然很高興，更多的情緒卻是悲傷。

該獨立了。

妹妹注視著姊姊的眼神帶著強烈的決心。這讓布倫希爾德明白，自己的妹妹在不知不覺間變堅強了。

她的眼神強得足以讓姊姊抱持信心。

「我相信妳，克琳希爾德。妳一定可以打破我所看見的陰暗未來。」

「是，我一定會。然後這次換我來幫助姊姊了。」

克琳希爾德繼續說：

「現在的我也有當上女王之後想做的事。等到我可以自由出動王國的騎士，我打算攻略樂園伊甸。倘若是生長在那裡的『生命果實』，一定可以治好姊姊的『侵蝕』。」

「克琳希爾德……」

兩天後，克琳希爾德的加冕典禮到了。

中午以前，克琳希爾德就要從離宮出發。

直到今天，克琳希爾德都生活在離宮。基於相當久以前訂下的規矩，每一位公主都必須居住在離宮，只有女王才能居住在王宮。

從離宮出發以前，布倫希爾德到大門為克琳希爾德送行，這讓克琳希爾德非常高興。

「拜託妳連同我的份一起去探望臥病在王宮的母親大人了。」

「好的，我會說姊姊也很擔心她。」

姊妹倆直到今天都沒能探望母親任何一次。或許是因為病情太嚴重，其他人都不得與她會面。她們從小就幾乎沒有接觸過母親，所以無法見面已是家常便飯。

布倫希爾德親吻克琳希爾德的額頭，祝妹妹一路順風。

「願王國在妳的治理之下，前途一片光明。」

克琳希爾德也回以一吻。

「姊姊，我有一樣東西想交給妳。」

克琳希爾德取出某樣物品遞給姊姊。

那是治癒細劍。

「請姊姊收下。這並不是用來奪走生命，而是守護生命的劍。據說它具有除魔，並保護持有者的作用。雖然它恐怕無法治好姊姊的『侵蝕』，應該可以緩和症狀。」

布倫希爾德睜大眼睛。

「好厲害，光看一眼就知道這是多麼靈驗的物品。」

布倫希爾德收下細劍，然後抱在胸前。

「謝謝妳，我會隨時隨地都帶著它。」

「請務必這麼做。如果沒有帶在身邊，好像就不能發揮效果了。」

「妳到底是怎麼拿到這個東西的？」

克琳希爾德微笑著回答：

「是我派去異國的隨從取得的。」

她在說謊。克琳希爾德不能坦白說出取得的管道。要是她說歷代女王都是靠這把劍來抵抗「侵蝕」，姊姊絕對不會收下它。布倫希爾德一定會為了妹妹的健康，要求克琳希爾德帶著這把劍。

克琳希爾德稍微感到心痛。原因在於對姊姊說謊，以及背叛將劍贈送給自己的母親與希望自己長壽的沃倫。對於是否要將這把細劍交給姊姊，克琳希爾德也曾陷入一番苦惱。理由並不是將劍交給姊姊就可能會讓自己的壽命縮短，而是背叛他人對自己的善意。舉辦加冕典禮前的整整兩天，克琳希爾德都在苦思，最後總算下定決心將細劍交給姊姊。

克琳希爾德的腰上掛著一把類似治癒細劍的普通細劍。這是她拜託國內最好的鐵匠，在兩天內趕工做出的冒牌貨。目的在抵達王宮之後，用它來騙過母親與沃倫。

罪惡感讓克琳希爾德不禁稍微吐露自己的罪過。

「……為了將這把劍交給姊姊，我也做了一點壞事。」

布倫希爾德很驚訝。雖然不知道妹妹做了什麼壞事，她從沒想過「我做了壞事」這種話會從妹妹的嘴巴裡說出來。

克琳希爾德用觀察臉色的眼神仰望姊姊說：

「請原諒我，我會做壞事也是因為無論如何都希望姊姊能好起來。」
布倫希爾德再也無法忍耐，於是緊緊抱住了妹妹。
「妳明明從今天開始就是女王了，這麼可愛真的沒關係嗎？」
布倫希爾德抱著克琳希爾德，遲遲不願放手。
經過一段漫長的擁抱，克琳希爾德才終於能朝王宮出發。

在王宮的一個房間，老臣沃倫等著克琳希爾德的來訪。
他的手裡拿著暗灰色的王冠。
沃倫會在加冕典禮上親自為女王加冕。
他定睛凝視著手中的王冠，然後低聲呼喚：
「初代女王陛下。」
過了一陣子，騎士來到沃倫的房間報告。
「克琳希爾德大人已經抵達。」
沃倫帶著王冠前往王座大廳。
後來加冕典禮結束。
克琳希爾德登基成為女王。

克琳希爾德前往王宮以後，兩週的時間過去了。

這段期間，克琳希爾德都沒有聯絡布倫希爾德。布倫希爾德也沒有干涉克琳希爾德——因為她覺得熟悉女王的公務應該很累人。

某天夜晚，布倫希爾德仰躺在自己房間裡的床上。

床邊放著妹妹給她的細劍。布倫希爾德把它當成妹妹的替身，每晚都抱著它睡覺。多虧如此，布倫希爾德這幾天的身體狀況都很好。片刻不離身的行為可以將細劍的治癒能力發揮到極限。

「公主殿下。」

敲門與呼喚的聲音同時響起。

布倫希爾德從聲音就知曉是誰來了，於是回應：「進來吧。」

貝倫修坦穿著侍者服打開門並走進房間。自從恢復人形，他便開始以侍從的身分照顧布倫希爾德的生活起居。他推著載有料理的銀色推車。

「屬下為您送晚餐來了。」

貝倫修坦因為身為侍從而使用敬語，布倫希爾德卻對他說：

「我們獨處的時候不必使用敬語。我總覺得不太習慣。」

一起生活在地下室的時候，貝倫修坦並沒有對布倫希爾德使用敬語。雖說他現在是侍從的身分，事到如今才開始用敬語，總讓人有點不自在。

「好吧，我知道了。」

貝倫修坦將料理一一放到桌上。

布倫希爾德看到桌上的料理，頓時食慾全失。

菜色都是一些蔬菜、水果之類的養生食材。

「我可以不要吃嗎……？」

布倫希爾德很挑食。

「反正我不吃東西也不會死。」

受到「神力」守護的布倫希爾德不會因飢餓而死。能夠殺死她的東西只有「侵蝕」。

「妳吃就是了。」

貝倫修坦把布倫希爾德說的話當作耳邊風，繼續擺放料理。

貝倫修坦希望布倫希爾德的身體可以好起來。雖然不知道蔬菜和水果對「侵蝕」究竟有多少效果，只要有任何一點能改善健康的可能性，那麼就值得實踐。

布倫希爾德好歹也明白他的用心。

「……好吧，我吃就是了。」

布倫希爾德討厭蔬菜和水果。可是，她喜歡貝倫修坦的體貼。

（假如我的父親大人還在，他也會對我這麼溫柔嗎？）

貝倫修坦用銀湯匙挖起水果優格，拿到布倫希爾德的嘴巴前。這個舉動的意思是要她張開嘴巴。

布倫希爾德乖乖張開嘴巴。

這時布倫希爾德發現，自己好像有點依賴貝倫修坦。

因為雙親不在，自己必須守護妹妹。她總是認為自己應該振作一點，過著自律的生活。所以，她從小就不懂得依賴別人。不過，現在情況有點不同了。

依賴貝倫修坦的期間心情都很輕鬆，而且感到快樂。

布倫希爾德吃完飯的時候。

離宮的大門前出現一名帶著長劍的人。

守衛注意到這個人，拿著長槍叫住對方。

「站住，你是什麼人？」

今晚的雲層很厚，守衛無法看清這個人的臉。

雲層稍微產生縫隙，從雲間灑落的月光照亮劍客的臉。

「失、失禮了！」

守衛道歉，端正自己的姿勢。

然而，或許是因為對守衛的態度感到相當不悅。

劍客拔出長劍。

閃電般的劍法在黑夜中奔馳。

守衛遭到砍傷，倒地不起。灼燒皮肉般的臭味瀰漫四周。

劍客所持的劍閃著金黃色的光輝。這把劍連鎧甲也能燒斷。

別的守衛震驚地舉起武器。

「您瘋了嗎……！」

黃金長劍不帶聲響地斬殺守衛。將近十名受過訓練的士兵趕到現場，卻連劍客的一根寒毛都傷不到。

劍客擺平所有逼近自己的士兵——

然後踏進離宮。

宮中發生一陣騷動，喧鬧聲也傳進布倫希爾德與貝倫修坦的耳裡。

「發生什麼事了……」

兩人正感到不對勁的時候，房門被猛然敲響。

闖進房間的人是離宮的老管家。

「布倫希爾德大人……請快逃……有刺客……」

說到這裡，老管家便趴倒在地。他的背部有很深的刀傷，布倫希爾德靠近的時候，老管家已經斷氣了。

貝倫修坦很納悶。

「竟然有刺客。」

「或許是異國的刺客想來綁架公主。幾年前也發生過類似的事。」

「既然如此，要從窗戶逃走嗎？」

「不，正面迎戰吧。」

現在的情況跟幾年前遇襲的時候不同，布倫希爾德有能力戰鬥。雖然她對離宮的人沒有什麼感情，卻也不認為他們應該無辜遇害。布倫希爾德將細劍插到腰上，從桌邊站起來。

「我也來幫忙。」

貝倫修坦的身體開始發光。下個瞬間，他已經化為琥珀之龍。貝倫修坦現在能夠自由運用布倫希爾德給的項鍊。只要戴著項鍊，他就能任意選擇要變成人還是龍的模樣。

就像在暖身，布倫希爾德從右手指間放出一陣陣閃電。

不死的身體、連龍都能一擊斃命的武器，以及龍隨從。

刺客不可能有勝算。

公主與龍戒備著周遭，走在離宮的迴廊上。

到處都有宮中侍者的屍體。不只是士兵，也有無數僕人的屍體。然而奇怪的是，其中沒有任何一具刺客的屍體。面對正規士兵還能不犧牲任何一個人，可見這個團體相當老練。

越靠近戰鬥的聲音來源，就漸漸開始能聞到焦臭味。

兩人來到大廳，到處都有零星火舌竄出，木製的桌椅正在燃燒。

看似刺客的人就在那裡。對方正好斬殺了一名士兵。

刺客背對著兩人，從這裡看不見那張臉。

不過，先打倒對方再確認其身分即可。

布倫希爾德對刺客放出手中凝聚的雷霆。雖然雷霆是龍的剋星，對人也有效。高能量會灼燒敵人。

放出的雷霆是必殺且不可迴避的攻擊。刺客的命運已經確定了。

照理說應該如此。

刺客在轉身的同時揮劍。雷霆一撞上劍身，便遭到抵消。

「什麼……」

豈有此理。

不論是多麼銳利的劍刃，人所打造的武器都不可能抵消雷霆。

刺客揮舞的劍散發著與雷霆相同色調的光芒。

火焰從帶有熱度的劍身延燒到地毯上，大廳在轉眼間陷入一片火海。

唯一的黑色輪廓浮現在紅海之中。

對方是個女人。她的身型看起來非常眼熟。

「……怎麼可能。」布倫希爾德如此低語的音調帶著強烈的震驚。

不可能，怎麼可能有這種事。

轉過身來的刺客——

跟布倫希爾德的妹妹長得一模一樣。

「克琳希爾德……？」

「姊姊……啊啊，終於找到妳了。」

聲音也跟克琳希爾德一樣。

「妳是……克琳希爾德嗎？」

「我看起來像別人嗎？」

布倫希爾德沒有看錯，眼前的人毫無疑問是克琳希爾德。

「這些……是妳做的嗎？」

布倫希爾德看著滿地的屍體發問。

「是的，因為他們想妨礙我……可是，這點小事一點也不重要。」

克琳希爾德用「小事」這種敷衍的詞彙來形容傭人們的死。

「姊姊，我來這裡是想拜託妳一件事。」

眼神空虛的克琳希爾德說：

「可以請妳去死嗎？」

布倫希爾德啞口無言。她怎麼看都不認為眼前的女人就是克琳希爾德。那麼可愛的妹妹不可能要求自己去死。就算她這麼說，應該也有理由才對。

「克琳希爾德，發生什麼事了？是不是王宮出了什麼事？妳能告訴我嗎？」

「我前往王宮當上女王，然後知曉了歷代女王的職責。我身為其中一個女王，也必須善盡職責。我需要姊姊的命。」

克琳希爾德手持長劍踏出步伐。她的動作快得一點也不像是那個溫和的克琳希爾德。

揮劍之前，克琳希爾德低語：

為王國獻身吧——

布倫希爾德沒有動，因為她相信妹妹不會斬殺自己。

所以，她受傷了。

從肩膀斜砍一刀的傷口噴出鮮血。布倫希爾德看見自己的身體如花朵般，從眼下綻放。這幅景象緩緩流逝。

布倫希爾德知道自己會死。

布倫希爾德的肉體受到神的恩寵，無法以人類的武器殺死。可是，倘若是以「神力」打造的武器，就能殺死她。克琳希爾德手裡的黃金長劍正是如此。以屬性而言，它跟布倫希爾德發射的雷霆相同，因此造成的傷口不會再生。

布倫希爾德轉動眼球，俯視自己的身體。傷口深得讓她幾乎想笑。從中可以看見身體的粗壯血管和內臟被一刀兩斷的模樣。自己的身體噴著紅色的血液，然後逐漸倒下。就像沒有生命的人偶一樣。

「克琳……希爾德……」

布倫希爾德最後看見的，是面無表情斬殺自己的妹妹。

『布倫希爾德……！』

龍的翅膀拍打空氣。貝倫修坦以烈風般的速度衝向布倫希爾德，在她的身體撞上地面之

前叼起她。龍叼著公主，面對剛揮出一劍的克琳希爾德。

龍的雙眸瞪著克琳希爾德，眼裡滿是怒火。

克琳希爾德重新舉起劍，準備迎擊。她認為貝倫修坦會為了打倒自己而撲過來。只要他踏出一步，灼熱的聖劍就會在錯身而過的同時將龍一刀兩斷。

然而龍沒有進攻。

相較於對克琳希爾德的恨意，他選擇優先拯救布倫希爾德。

龍叼著公主往後方起飛。他拍動翅膀，隨著一陣烈風飛向空中。

他打算衝破背後的彩繪玻璃，從窗戶逃離現場。

克琳希爾德立刻察覺龍正試圖逃跑。

她馬上往前揮砍，不過已經太遲了。

龍衝破五顏六色的玻璃往夜空飛去。

聖劍劃破空氣，天上下起一陣彩虹色的雨。

不論怎麼掙扎，劍都已經無法觸及對手。

龍背對克琳希爾德，飛往更高、更遠的天空。

總之得儘量遠離離宮。克琳希爾德恐怕很快就會追上來。

琥珀之龍叼著公主，在夜空中高速飛行。

然後逃進遠離離宮的森林。

龍讓公主靠在大樹旁休息。

『布倫希爾德！振作一點，布倫希爾德！』

貝倫修坦呼喚，但布倫希爾德沒有反應。

這是自己這輩子犯下最大的錯。明明對眼前的刺客抱持戒心，琥珀之龍卻完全無法動彈。因為擁有龍的肉體，他不禁畏懼屠龍劍。龍這種生物，會本能地害怕「神力」。即使貝倫修坦不是純種的龍也一樣。

布倫希爾德的傷實在太深，她還有微微的呼吸已經是奇蹟。這次眨眼之後，她或許就會死去。

因為太過悔恨，琥珀之龍呻吟般的脫口說：

『怎麼會有這種事……』

布倫希爾德竟然會被妹妹斬殺。

貝倫修坦曾在地下室聽過布倫希爾德一臉高興地談論關於妹妹的話題。

她之所以想治療「侵蝕」，也不是為了自己。因為她能從妹妹成為女王的未來中看見不祥的陰影，她才會為了幫助妹妹而努力當上女王。所以，她必須治好「侵蝕」。貝倫修坦把她不眠不休地研究藥物的身影都看在眼裡。

她不管做什麼都是為了妹妹，明明深愛著妹妹。

這樣的姊姊卻被妹妹殺死。

琥珀之龍不知道有什麼事比這更令人悲傷。

可是，與龍的期望相反，布倫希爾德的生命脈動正在不斷減弱。

他甚至想向神求救。

然而，夜晚的森林裡連可以依靠的神都不存在。

貝倫修坦多麼希望自己是神，但他只是一頭龍。

他有角，有翅膀，有尾巴，有獠牙。他只有這些東西。

雖然他能戰鬥，卻無法挽救性命。

他希望至少能將龍特有的漫長壽命分給公主。

這個時候，布倫希爾德說過的話在琥珀之龍的腦中復甦。在地下室進行研究的時候，貝倫修坦曾聽她這麼說過：

『龍血之中還有很多尚未查明的神祕效用喔。』

龍決定賭一把。

貝倫修坦用長長的爪子劃開自己的喉嚨，龍血從中溢出。他將血澆灌到布倫希爾德的傷口上。

龍血具有強大的生命能量，甚至能讓瀕死之人起死回生。儘管如此，這是成功機率非常低的賭注。

龍血同時也是劇毒。接觸到龍血的一萬人之中，有九千九百九十九人會死。

琥珀之龍賭上了公主能活下來的可能性。

他就像要分享生命，持續灌注自己的血。

布倫希爾德的意識在一片黑暗之中。

那裡非常寒冷，感覺體溫正在不斷流失。

她因為害怕，開始在黑暗中奔跑。可是，不論跑了多久，黑暗仍然沒有散去。

她終於放棄而倒下，以為自己就要這麼漸漸變得冰冷。

然而就在這個時候，某處有燈火出現。

火焰的亮光溫暖了布倫希爾德的冰冷身軀。

眼瞼感覺到一陣溫暖，布倫希爾德於醒了過來。

夜晚已經過去，陽光從天上灑落。剛才眼瞼感覺到的是陽光的溫暖。

布倫希爾德開始思考自己為何還活著。她的腦中還留有自己遭到斬殺的記憶。

琥珀色的龍依靠在自己身旁沉睡著。他的喉嚨受傷了。

布倫希爾德看著自己的衣服，衣服上黏著乾掉的血跡。頭髮與皮膚也一樣。從色調看來，這顯然不是人的血。

於是布倫希爾德終於明白發生了什麼事。

她伸手撫摸正在沉睡的龍頭。

『謝謝你，我的龍……』

因為附近有乾淨的泉水，布倫希爾德在那裡洗淨身上的髒汙。

她回到樹下時，琥珀之龍正好醒來。

『妳應該感謝自己的幸運。我們贏了一場豪賭。』

布倫希爾德搖搖頭。

『我該感謝的不是幸運，而是你。』

『我只不過是對妳灌注毒藥罷了。』

布倫希爾德覺得繼續爭論下去也沒有意義，於是靠近琥珀之龍，親吻了他的爪子。這是她能表達最高敬意的方法。

琥珀之龍似乎還算滿意地說：

『既然要親吻，我倒希望妳能親吻我的嘴唇。』

布倫希爾德告誡下流的龍：『不要得寸進尺。』

琥珀之龍詢問：

『那麼，接下來該怎麼辦呢？』

『總不能一直待在森林裡。只能回到城鎮了吧。』

『然後要怎麼辦？』

『我……想知道克琳希爾德為什麼試圖殺了我。』

『放棄吧。』

琥珀之龍想起克琳希爾德襲擊離宮時的眼神。記憶中的那雙眼睛既陰暗又空洞，看起來非常詭異。

『妳不該再跟克琳希爾德扯上關係。』

『我的直覺也這麼告訴我。可是，正因為如此，我才認為自己應該做些什麼……她成為女王的事本來就讓我有種不祥的預感。如果她受到了什麼殘酷的對待，我必須立刻想想辦法才行。』

『我救了妳一命。既然已經知道克琳希爾德想要取妳的性命，跟她扯上關係就幾乎等於是拋棄這條命。妳想讓我的犧牲白費嗎？』

『哈哈哈……被你說到痛處了。』

布倫希爾德苦笑。

『關於這一點，我也只能跟你說對不起了。』

琥珀之龍發出嘆息。只要說到關於妹妹的事，布倫希爾德恐怕就不會輕易改變心意。

『真沒辦法。身為隨從，我會乖乖陪同您。』

『你還願意跟著我嗎？其實你已經沒必要陪我了……』

『要是沒有我在，妳恐怕會早死吧。』

琥珀之龍張開翅膀起飛。

『我去準備衣服。』

布倫希爾德的洋裝遭到砍壞，貝倫修坦也因為變身為龍而失去了衣服。

第二章

時間要回溯到加冕典禮當天。

經過與姊姊的漫長擁抱，完成道別的克琳希爾德從離宮出發。

她在下午抵達王宮。接下來即將舉辦加冕典禮，迎接克琳希爾德作為新的女王。這是一場小規模的典禮，只有王宮的重臣能夠參加。而這是王國的規矩。

克琳希爾德從以前就覺得這種做法很奇怪。其他國家都不像王國，會舉行如此封閉的加冕典禮。大多數國家都會舉國歡慶新任君主登基。

為了參加典禮，克琳希爾德踏進王座大廳。

克琳希爾德在空的王座前跪下。她早就知道，臥病在床的母親無法參加典禮。克琳希爾德決定，一定要在典禮結束後去探望母親。直到今天為止，姊妹倆好幾次想探望母親的要求都被拒絕了，但只要當上女王，就再也沒有人能阻止她。

重臣們並排在王座的左右兩側。

聞名王國的十二位騎士，以及率領他們的騎士團長阿洛伊斯都在。

手持王冠的老臣沃倫就站在王座旁邊。
所有人的臉上都掛著僵硬的表情。
在一股莫名陰鬱的氣氛中，加冕典禮開始了。
沃倫拿著王冠，來到克琳希爾德面前。
王冠在老臣的手裡閃耀著黯淡的光芒。
總覺得有種不好的預感。就連不具有神眼的克琳希爾德都能感覺到一陣寒意。
（這樣不行……）
克琳希爾德試圖離開原地。
可是，沃倫替她加冕的速度更快。
老臣為克琳希爾德戴上王冠，然後宣告：
「恭喜您即位。」
這個瞬間，腦中有聲音響起。
那是女人的聲音，對克琳希爾德這麼命令：
為王國獻身吧——
身體頓時難以自由活動。
「這是……」

對於克琳希爾德提出的疑問，沃倫回答：

「那是初代女王陛下的聲音。」

沃倫用低沉的聲音開始說明：

「初代女王陛下非常害怕單一人物握有強大的權力。因為過去支配王國的惡龍就是這樣的獨裁者。握有強大權力的人一旦失控，王國就不得安寧。因此，初代女王陛下製作了這頂王冠。」

初代女王的聲音以眼睛看不見的力量，束縛著克琳希爾德的身體。這讓克琳希爾德想起了關於初代女王的神祕傳言。

據說女王的聲音有種魔力，能夠動搖聽者的感情。在全盛時期，她的聲音甚至等同於神的命令，能夠用語言任意操控所有生物……

克琳希爾德嘗試將王冠摘下。可是，她想觸碰王冠的手無法動彈。

「您無法觸碰或是破壞它。那種舉動會被歸類為危害王國未來的行為。對王國的未來沒有益處的行為，都被女王所禁止。」

「你的意思是初代女王陛下做出如此邪惡的王冠嗎？」

「是的……不過關於『危害王國』的行為範圍，會依後世的改良而擴大解釋。」

克琳希爾德發現問題就在這裡。這頂王冠本來應該只有防止王權失控的作用。而後世之

人……從口氣聽來，恐怕是沃倫竄改並濫用了它。

「我終於明白母親大人為何無法照顧我們姊妹了……」

她恐怕成為了這頂王冠的奴隸。

克琳希爾德開始怨恨自己的天真。這座王宮似乎有一股邪惡的勢力正在運作。

「沃倫，請回答我。你替我戴上這種王冠，到底想逼我做什麼？」

「與歷代女王一樣為王國奉獻，並且……」

沃倫說出正題。

「微臣想請您殺死布倫希爾德大人。」

「你在說什麼……為什麼要做那種事……」

沃倫用手抵住嘴巴。

「好了，該從何說起呢？」

他經過一番思考開口說：

「我想還是應該先從『生命靈藥』即將從這個王國消失的事情開始說起吧。」

「生命靈藥」是能驅逐任何病魔的萬能藥。

同時也是這個王國廣泛普及的藥物。

「『生命靈藥』即將消失……？怎麼可能有這種事。」

克琳希爾德用強硬的語氣反駁：

「製作靈藥很簡單。因為具有『神力』的女王只要觸碰水，水就會變成靈藥。我現在也當上女王了，聽說這樣就能將水變成靈藥。」

「能夠辦到這件事的，只有初代女王陛下。第二代以後，即使女王觸碰水，水也不會變成靈藥。就算體內具有『神力』，她們也無法像初代女王陛下一樣運用自如……」

「請不要騙人了。如果真是如此，就表示自從初代女王陛下駕崩以後，已經超過七十年的期間都沒有人能夠做出靈藥，照理說靈藥早就該耗盡了。可是，王國不是到現在都還廣泛使用『生命靈藥』嗎？」

「這都是多虧了歷代女王陛下的獻身。」

克琳希爾德感到毛骨悚然。

剛才那句話裡的「獻身」，彷彿帶有不同於原始意義的不祥氣息。

「話說回來，克琳希爾德大人，您過去一直都很希望有機會探望前任女王呢。」

沃倫彬彬有禮地邀請克琳希爾德走向王座大廳之外。

「微臣這就帶您去見前任女王陛下。」

克琳希爾德被帶往的地方不是女王的寢室，而是一個單調的房間。

這裡連最低限度的家具都沒有。狹窄的房間有一張小小的床，母親就躺在上面。

「母親大人……」

克琳希爾德感到弔詭。這個房間配不上女王的地位。不，就連隨從也不會住在這種房間，裡面完全沒有任何生活感。

不過，對現在的克琳希爾德來說，這些異樣感並不重要。許久不見的母親就在眼前，而且她還臥病在床，所以克琳希爾德擔心得不得了。

奔到床邊的克琳希爾德出聲呼喚母親。

「好久不見，我是您的女兒克琳希爾德。母親大人，您的身體狀況……」

克琳希爾德說到這裡便停頓。

因為她知道已經沒有必要呼喚母親了。

眼前的母親臉上掛著不自然的睡臉。

克琳希爾德將目光移到毛毯上。毛毯異常平坦。

克琳希爾德戰戰兢兢地翻開毛毯。

她早已決定不再哭泣。

因為厭惡軟弱的自己。

厭惡總是受姊姊幫助的自己。

為了變強，她決定不再哭泣。

明明如此——

「喔……喔喔……」

克琳希爾德雙腿發軟，跌坐在地。

淚珠一顆接著一顆湧出，停不下來。

眼前的慘狀輕易擊碎了克琳希爾德的堅定決心。

沒有身體。

床上只有女王的頭。

毛毯下面什麼都沒有。

對於恐懼到說不出話來的克琳希爾德，沃倫開始說明：

「從第二代起，歷代女王都無法藉由觸碰水來製作靈藥。因此，我們將女王的身體做成了靈藥。」

沃倫的聲音掠過克琳希爾德的頭。

他明明在近處說話，聲音聽起來卻像來自遙遠的地方。

「現在，王國使用的靈藥都是用歷代女王的屍體所製成。將帶有『神力』的肉體磨成粉並加進水中，就能將水變成靈藥……」

「唔……」

克琳希爾德不禁用手摀住嘴巴，生理上的噁心感令她作嘔。因為克琳希爾德也曾經多次喝下靈藥。

「歷代女王的身體本來不會受傷，但死後就會失去神性，因此可以切割。若非如此，在活著的狀態下切割最有效率……」

「唔唔……！」

克琳希爾德原本想將湧上喉頭的嘔吐物吞回去，卻還是忍不住，於是吐在地板上。沃倫不理會她的反應與異味，繼續說明。他似乎早就料到會有這種狀況。也許歷代女王都曾經作出跟克琳希爾德一樣的反應。

「接下來才是正題。」

就算克琳希爾德既呻吟又嘔吐，老臣的話語仍然沒有停止。

「每次有新女王即位，我們就會用前任女王的屍體製作靈藥。可是，前任女王在一年前駕崩時，問題發生了……即使我們將您母親的屍體磨成粉並加進水中，水也沒有變成靈藥。原因可能在於，女王對『神力』的契合度會隨著世代交替而退化。」

母親似乎早在一年前就已經死了。

關於契合度的退化，克琳希爾德也有頭緒。她們不像初代女王一樣具有等同於神的力

量。雖然肉體無敵，她們感覺得到痛楚，而且無法靠聲音來操控他人。

「為了避免多餘的混亂，我們隱瞞女王的死訊，這一年來持續嘗試用前任女王的屍體來製作靈藥。可是，即使將頭部以外的部分全部耗盡，也連一滴靈藥都做不出來。再過不久，王國就會失去靈藥。在那之前，我們想請您取得新的靈藥材料。」

「什麼……到底要去哪裡取得靈藥的材料……」

「材料就在您的身邊。您的姊姊——布倫希爾德大人。」

克琳希爾德花了好一段時間才理解重臣所說的話。

「微臣的意思是，請您殺死您的姊姊布倫希爾德大人。因為我們無法殺死神之子，請您將姊姊的屍體帶到我們面前。」

「不要鬧了……我才不會做那種事。」

然而試圖反抗的克琳希爾德感覺到一陣劇烈的頭痛，感覺就像被王冠勒緊似的。

「唔……呃……」

克琳希爾德痛得忍不住蹲坐在地。

「現在的您無法做出損害王國利益的行為。」

「住……住口……」

克琳希爾德忍受著劇痛說：

「況且……既然用母親大人的屍體無法做出靈藥，用姊姊的屍體也很有可能無法做出靈藥吧？」

「或許沒錯。可是，不試試看就不會知道。若要繼續供給靈藥，原本就只能殺死姊妹的其中一人。」

「如果要我殺死姊姊，我寧可就這麼頭痛而死。」

王冠更強烈地懲戒克琳希爾德。

極度的痛楚讓她發出哀號，然後失去意識。

從此以後，克琳希爾德戰鬥的日子便開始了。

不論是睡著還是醒著，頭都像被勒緊一樣疼痛。

她能持續聽見聲音。

為王國獻身吧——

這陣聲音十分悅耳，具有令人順從的魔力。克琳希爾德自己曾有好幾次都在不知不覺間帶著「神力」打造的長劍，走在前往離宮的路上。每次她都會抵抗頭痛，返回王宮。

克琳希爾德在轉眼之間變得越來越憔悴。倘若是普通人，肯定早就向王冠屈服了。克琳希爾德能夠抵抗，正是因為對姊姊的愛。

然而即使如此，心理的疲勞仍然無可避免。當克琳希爾德累得發呆時，沃倫對她說：

「我們也不是出於無聊的惡意才想殺死布倫希爾德大人。」

克琳希爾德用空虛的眼神看著年老的重臣。

「微臣知道我們的行為非常不道德，死後恐怕無法前往永年王國。可是，我們的惡行可以治療傷患、拯救性命。」

沃倫的手指向王宮的窗戶。從窗戶望下去，可以看見繁榮的王國。

「我們不能讓初代女王陛下創造的理想國度在我們這一代終結。」

或許是因為心靈很疲弱，克琳希爾德不禁認為他說得也有道理。

克琳希爾德也不希望王國失去靈藥。能驅逐任何病魔的藥物一旦消失，她可以想像會造成多麼嚴重的後果。在異國，甚至有因為流行病而失去四成人口的案例。

「我……認為你們非常殘忍。可是……我並不認為你們的行為出於惡意。」

「那麼──」

「即使如此，我還是不會殺死姊姊。我現在的願望，就是儘早結束這條命。」

克琳希爾德伸出手，手中便出現一把光之短劍。年滿十三歲的時候，克琳希爾德就能用「神力」做出刀劍了。她把劍刺向自己的胸口。

「唔嗚……」

然而，短劍沒能觸及胸口。她的手在中途就停了下來。

正如無法攻擊王冠，她也無法攻擊自己的身體。

就像要懲罰自殺的行為，王冠對她的頭施加痛楚。「神力」打造的短劍一旦離開克琳希爾德的手，便消失在半空中。

「你竟然……將這種詛咒道具……」

沃倫對憤恨的克琳希爾德說：

「就算對您來說是詛咒道具，對我來說也是神聖的遺物。」

克琳希爾德認為想必如此。

因為他能用這頂王冠來懲戒女王……

後來又過了幾天。應該是過了幾天。克琳希爾德對日期的感覺漸漸變得遲鈍。

沃倫看著幾乎化為廢人的克琳希爾德說：

「沒想到您能夠撐到這個時候。您的心智真是堅強。」

克琳希爾德轉動眼球看著沃倫。

「沃倫……你帶來的治癒細劍，根本就不是母親送給我的禮物吧？」

沃倫說過，前任女王早在一年前就已經死去。

「送禮人並不是前任女王陛下，而是我。不過，希望您長壽的想法並不是謊言。身為治理這個國家的女王，微臣希望您能夠儘量活久一點。」

「你想把我當成你的傀儡吧……」

克琳希爾德認為沃倫真的是很邪惡的人。

為了讓自己成為長久受他操控的傀儡，他才會讓自己帶著治癒細劍。從第二代起，所有女王可能都成了沃倫的傀儡。

回過神來，沃倫的身影已經從房間裡消失。這幾天，克琳希爾德的意識有時會突然中斷。剛才好像也發生同樣的事情。

思緒混濁不清。因為不間斷的痛楚，克琳希爾德變得越來越不擅長思考。

她在自己房間的床上發呆。幻聽般的聲音持續在腦中迴響，再加上頭部的痛楚，身體早就已經到達極限，只求能脫離苦海。

（……母親大人一開始應該也曾抵抗王冠吧。）

可是，她最後還是輸了。

既然要持續忍受這種折磨，也難怪她會屈服。這實在無可厚非。

（……睡覺吧。）

只有睡眠是克琳希爾德的救贖。

只有沉睡的期間，她不會聽見聲音，也不會感覺到痛楚。

克琳希爾德不是為了休息，而是為了逃避才進入夢鄉。

她作了一場夢。

回過神來，自己已經站在離宮前，手上有一把光之長劍。

（啊啊，我又夢到自己殺死姊姊了。）

克琳希爾德這陣子很常作類似的惡夢，極度衰弱的身體與心靈會讓她看見這樣的情境。

因為殺了姊姊就能從痛苦中解脫，會作這類的夢也沒辦法。克琳希爾德一開始會責怪自己怎麼能作弒姊的夢，但她現在已經連自責的力氣都沒有了。

克琳希爾德正要去找姊姊。自己一路斬殺礙事的士兵。

反正只是夢。

當她焚燒大廳的時候，帶著一頭龍的布倫希爾德來了。

布倫希爾德拚了命跟自己溝通。可是，就算對話也沒有意義。

因為這只是夢境。

克琳希爾德的腦中響起討厭的聲音。

為王國獻身吧——

我已經受夠了。

現在終於連在夢裡也能聽見初代女王陛下的聲音。真希望至少能在夢裡擺脫這一切。

既然你們這麼想要姊姊的屍體，我就把夢裡的姊姊送給你們吧。

克琳希爾德遵從王冠的聲音，為了斬殺姊姊而邁出步伐。一旦遵從聲音，身體就莫名有力量湧現，動作比平常更靈敏。

姊姊噴著血倒下。雖說在夢中，那副模樣還是令人悲傷。

克琳希爾德終究還是沒有取得她的屍體。因為龍叼著姊姊的屍體逃走了。

眼睜睜看著姊姊消失後，克琳希爾德跌坐在大廳裡。

她已經聽不見王冠的聲音，也不會頭痛了。

「啊啊，好舒服……」

她沒有想到，感覺不到痛苦竟然是如此美好的事。明明在夢裡，卻有一股睡意襲來，於是克琳希爾德睡著了。明明躺在堅硬的地板上，她卻久違地睡了個好覺。

最後，克琳希爾德醒了過來。

她並不想清醒。只要睜開眼睛，自己不想看見的王宮天花板就會映入眼簾。接著又是惱人的聲音與頭痛。

可是，自己總不能一直裝睡下去，所以她無奈地睜開眼睛。

映入眼簾的，並不是王宮的天花板。

而是一片狼藉的大廳。到處都有燃燒過的痕跡。

滿地都是屍體、屍體，以及屍體。他們是僕人與士兵。

克琳希爾德體會到心臟猛然縮緊的感受。

「難……不成……」

她低頭看著自己的手。手上沾滿了乾掉的血漬。

雙手開始陣陣顫抖。

「姊姊……不……啊啊！」

難道那不是夢嗎？

自己就像個夢遊者，斬殺侍從、焚毀離宮……

然後殺了姊姊嗎？

「嗚、嗚嗚嗚嗚嗚嗚嗚嗚嗚嗚！」

克琳希爾德抓亂自己的頭髮。

她無法忍受。自己竟然親手殺了那麼關心自己的姊姊。

自己有什麼臉說要在當上女王以後治好姊姊的「侵蝕」呢？

克琳希爾德的心原本就已經遍體鱗傷，弒姊的事實更給了她最後一擊。王冠的命令在失去了心的體內迴響。

為王國獻身吧——

貝倫修坦帶著樸素的衣服，回到在森林中等待的布倫希爾德面前。這是他想辦法弄來的衣物。

「你去偷東西了嗎？」

「差不多。」

布倫希爾德刻意不細問。雖然對衣服遭竊的人很抱歉，現在是非常時期。兩人開始更衣。貝倫修坦化身為村中青年，布倫希爾德則化身為村姑。

貝倫修坦細細打量布倫希爾德的村姑裝扮。

「幹嘛一直盯著我看？」

「嗯……高貴之人微服出巡，實在引人遐想。如何？妳要不要就這麼成為我的妻子，以村民的身分活下去呢？」

布倫希爾德冷淡地回答：

「要不是有我妹妹的事，我也不是不能考慮啦。」

貝倫修坦微笑著說：「真遺憾。」

「貝倫修坦，你最好不要太常開這種玩笑。因為將來遇到真正心愛的女人時，你說的話會變得缺乏分量。」

「我並不是在開玩笑。從初次見面的時候起，我就已經迷上了妳的美貌。重點是……」

「重點是？」

「我不想看到妳主動插手麻煩事的樣子。妳的經歷本來就很不幸，我希望妳能度過平凡的下半生。」

聽到這番話，布倫希爾德並不是什麼感覺也沒有。布倫希爾德發現，他要自己成為他妻子的發言不完全是玩笑。

「這……這個嘛，你的好意我心領了。」

布倫希爾德壓抑稍微加速的心跳。

「總而言之……我得去救克琳希爾德才行。」

布倫希爾德想起自己在離宮與克琳希爾德對峙的情形。

王冠在克琳希爾德頭上閃著詭異的光芒。

「那頂王冠……是非常不好的東西。」

儘管模糊，布倫希爾德看得見未來。然而，這不過是真正能力的附加效果，她的眼睛可

以看穿事物的本質。因為能看穿本質，也能抽象地預測即將發生的未來。

在布倫希爾德的眼裡，王冠是非常邪惡的東西。看起來彷彿有一股黑暗纏繞在上面。

「我想調查關於那頂王冠的事。其中一定有什麼祕密。克琳希爾德會變成那樣，理由應該就在於王冠。」

「要調查是吧？既然如此，妳要去學院嗎？」

「不，我不認為學院的文獻裡會有答案。因為那頂王冠是齊格菲家代代相傳的東西，恐怕只有王宮有答案。我覺得威脅地位接近女王親信的重臣是最快也最確實的方法。」

「別把困難的事情說得那麼簡單。妳打算怎麼接觸重臣？入侵王宮綁架嗎？雖然不至於不可能，風險太高了。不知道究竟能不能順利從王宮逃出……」

「我們沒必要入侵王宮，讓重臣主動出來就行了。」

「要怎麼做？」

布倫希爾德大膽地笑了笑。

「今天是初代女王的誕辰。」

布倫希爾德與貝倫修坦埋伏在山路上。

這裡是來自王宮的馬車前往初代女王誕辰紀念派對時一定會經過的路。

而且，這裡也是年幼的布倫希爾德與克琳希爾德被刺客襲擊的地點。

一輛一輛馬車經過這條路，兩人刻意放過了幾輛馬車。布倫希爾德可以從馬的毛皮與體格，以及車廂的裝飾大致看出乘客的地位。

一輛格調相當高的馬車經過時，布倫希爾德放出雷霆。

雷霆射穿車輪，破壞了馬車。貝倫修坦變身成龍，將停止前進的馬車推倒。駕駛一看見龍便逃之夭夭。馬車有兩名騎士負責護衛，他們一瞬間試圖迎戰，卻馬上屈服於龍的威嚴，跟在駕駛後面逃走了。

貝倫修坦從馬車裡拖出兩名老人。

「噫噫噫！救命啊……」「布倫希爾德大人……您竟然還活著。」

布倫希爾德對他們的長相有印象。他們無疑是王宮的重臣。

兩名重臣一看見布倫希爾德，便發出小聲的哀號並道歉。

「不是的，不是我們下的手。」

「是沃倫。是沃倫提議要殺死布倫希爾德大人。」

布倫希爾德撫著琥珀之龍的鼻頭說：

「沒想到你們這麼害怕。看樣子，你們應該會乖乖說實話吧。」

琥珀之龍對兩名老人發出低吼。兩人已經嚇得完全站不起來了。

對於布倫希爾德接下來的問題，兩名老人都一五一十地回答。

他們說出關於邪惡王冠的事、名叫沃倫的攝政者操控歷代女王的事，以及克琳希爾德也即將落入其魔手的事。布倫希爾德也得知了「生命靈藥」的材料。

「…………」

布倫希爾德啞口無言。

她發現王國存在比自己想像中更深的黑暗。而且克琳希爾德就快要被這片黑暗吞噬了。

琥珀之龍代替一臉茫然的布倫希爾德向兩名老人說：

『你們是多麼醜陋的人啊。』

龍發出急促的呼吸聲。

『不管有多麼冠冕堂皇的理由，你們的所作所為就是為了私利。在我生活過的古老年代，生病或受傷都是理所當然。即使是為了王國，也沒有道理犧牲布倫希爾德的家族。』

然而龍的聲音無法傳進兩名老人的耳裡。他們只是被龍的氣勢嚇得魂飛魄散。

不過，布倫希爾德聽見了。

『謝謝你，貝倫修坦。已經夠了。』

『不，還不夠。我認為應該殺了他們。他們做了身為人不該做的事。如此骯髒的人，不值得活下去。』

『我也有點那麼想，可是就算殺了他們也不能改變什麼。你就放了他們吧。』

但是琥珀之龍仍然不贊同。龍甚至瞪著布倫希爾德。

儘管如此，因為布倫希爾德完全沒有讓步的跡象，琥珀之龍妥協了。

放走兩名老人之後，琥珀之龍對布倫希爾德說：

『妳真善良。』

『我才不善良。』

『妳放了那些人渣一條生路，這不是很善良嗎？』

布倫希爾德從衣服的口袋裡拿出一把小刀與裝著金黃色液體的小瓶子。小瓶子裡裝的是從村裡取得的「生命靈藥」。

『假如他們不回答問題，我原本打算拷問他們。我打算用小刀割傷他們，再用靈藥治好傷口，不斷重複同樣的過程。這樣你還覺得我善良嗎？』

琥珀之龍感到毛骨悚然。只要是為了妹妹，這個姊姊似乎能不擇手段。

『幸好我沒有看到妳拷問的樣子。那樣可能會讓我對妳幻滅。』

沒錯——布倫希爾德這麼說，將小瓶子與小刀收了起來。

『該做的事情已經確定了。』

布倫希爾德在腦中想著王冠的事。

『毀掉克琳希爾德的王冠吧。我要讓妹妹脫離詛咒的束縛。』

布倫希爾德坐到琥珀之龍的背上。

目的地是派對會場。

透過兩名老人所說的話，兩人搞懂了許多事。有用的情報不只是關於靈藥與王冠的事。

其他人似乎都以為布倫希爾德已經不在人世了。

據說騎士正在連日搜索克琳希爾德殺死的布倫希爾德。

這是發動突襲的好機會。

今晚會有全國的有力貴族前來參加派對。派對舉辦在舊王室原本持有的私人豪宅，女王克琳希爾德也會出席。據說女王的護衛只有少數幾名騎士，除了騎士以外只有老臣沃倫隨侍在側。只要他們返回王宮，要再進攻就很困難，戒備薄弱的現在正是大好機會。

但是他們必須立刻展開突襲。再拖拖拉拉下去，被放走的重臣們就會報告自己遭到布倫希爾德襲擊的事。

布倫希爾德相信自己與琥珀之龍能夠成功發動突襲。

龍的強大不言可喻，而布倫希爾德雖然沒有體力，卻能使用雷霆，所以比普通的士兵要強得多。他們可以輕而易舉地擊退派對會場的護衛，布倫希爾德認為幸運站在自己這一邊。

載著布倫希爾德的龍抵達私人豪宅的時候，正好是派對開始的時間。

他們從窗戶窺視派對會場。

頭上戴著王冠的克琳希爾德就在裡面。

「…………」

妹妹一副茫然自失的模樣。克琳希爾德以為自己殺了布倫希爾德，已經徹底心灰意冷。現在她完全就是對王冠……不，是對沃倫言聽計從的人偶。

看到妹妹這副模樣，布倫希爾德的心感覺到一陣刺痛。

她很想儘早拯救克琳希爾德。

『上吧，琥珀之龍！』

聽見布倫希爾德的號令，龍用輕鬆的語氣回答：『知道了。』

龍豪邁地衝破玻璃窗，突襲派對會場。

貴族們哀號著四處逃竄。

「是龍！」「為什麼會有龍！」「布倫希爾德公主騎著龍！」「為什麼！」

快樂的派對會場瞬間陷入一片混亂。

騎士們聽見高亢的噪音，於是趕到現場。可是，派對會場的護衛真的很少。恐怕是因為慶祝的場合不適合有太多武裝人員出現吧。

幾名騎士勇敢地面對龍。不過，琥珀之龍輕易擊退了他們。布倫希爾德也從龍背上跳下來，用雷霆應戰。

就算發生這麼嚴重的混亂，克琳希爾德依然沒有望向騷動的來源。她帶著空虛的表情坐在椅子上。

她傷得太深，甚至無法對周圍的一切刺激產生反應。

「克琳希爾德！」

姊姊的呼喚也沒有傳進深深受傷的心裡。

不過——

「克琳希爾德！」

往自己奔來的姊姊進入到克琳希爾德的視野中。

「姊、姊……？」

克琳希爾德的眼神慢慢恢復生氣。

「姊姊……！」

克琳希爾德站了起來。

「啊啊，姊姊！太好了，妳還活著……！」

克琳希爾德想朝布倫希爾德奔去。

不過，她的動作停了下來。因為頭部竄起一陣閃光般的痛楚。

「唔呃……」

為王國獻身吧——

由於聲音的關係，身體試圖擅自殺害姊姊。因為自己認知到姊姊還活著。

克琳希爾德勉強壓抑正要做出雷劍的右手。

這是十分強大的意志力。這也是多虧了不願意再傷害姊姊的意念。

克琳希爾德當場跪下，為了壓抑殺意而抱住自己，同時大喊：

「不要過來，姊姊。不然我又會傷害妳……」

「沒事的，我現在就把王冠毀掉。」

為了讓妹妹安心，布倫希爾德用溫柔的音調說。

布倫希爾德注定獲勝。

此時琥珀之龍正好擊倒會場的最後一名騎士。

只剩下克琳希爾德身旁的沃倫有意敵對。

沃倫站到克琳希爾德面前。看來他打算阻礙布倫希爾德等人。

可是，一介老臣又能做什麼呢？

龍靠近沃倫並對他噴火，試圖將他嚇退。

不過——

沃倫翻轉長長的大衣，走過火中。大衣可能是用特殊材質製成，沒有燃燒的跡象。別說是燃燒了，它甚至能撲滅火焰。

琥珀之龍大吼：

『老人啊，你面對龍也不畏懼的膽量值得嘉許。』

琥珀之龍作勢啃咬靠近自己的沃倫。雖然他不想殺死對手，還是打算將對手傷害到無法行動。

沃倫看著逼近自己的血盆大口輕聲說：

「太慢了。」

琥珀之龍的視野大幅搖晃。

他晚了一點才理解，一記強烈的膝擊從下往上擊中了自己的龍顎。

沃倫將他踢了起來。難以想像出自老人的一擊讓龍的巨大嘴巴因此閉上。

『唔！』

出乎意料的反擊讓琥珀之龍的頭腦頓時陷入混亂。即使不是如此，彷彿被鐵鎚擊中的衝擊也震撼了腦部。沃倫沒有錯過這個破綻。

「就用兩把吧。」

沃倫從自己的大衣內側取出兩把帶著淡淡光芒的劍。那是被改造得適合投擲的細刃匕首。他擲出的細刃匕首發出劃破空氣的聲音，從下方貫穿了龍顎。龍因此無法張開嘴巴。

「經過『神力』加工的刀身可以削弱龍的力量。假如也能靠這種武器殺死神之子，那就太好了。」

只要有兩把，就足以完全封印龍顎。

『這傢伙……』

就算無法張嘴，龍也還有比劍更銳利的爪子，以及能夠打斷骨頭的尾巴。琥珀之龍毫不猶豫地使用了這些武器。他已經沒有手下留情的念頭。因為他發現對方是不盡全力就無法打倒的對手。

不過，他發現得太晚了。不，即使一開始就明白，也不見得能贏。

沃倫精準地閃過了龍的所有攻擊。

彷彿能看見未來，可是實際上並非如此。

他能從龍的肌肉展現的細微徵兆，看出接下來的攻擊模式。每次迴避攻擊，他就會擲出細刃匕首。琥珀之龍在轉眼間被刺得滿身是傷，然後倒下。微微帶有「神力」的刀身奪走了龍的力量。

沃倫並不是老臣，而是老兵。

過去曾有無數龍群潛伏在王國之中，據說是初代女王葬送了他們。這個說法雖然大致正確，實際上卻鮮少有人知道有一支少數菁英組成的部隊會輔佐女王的職務。不需要女王親自出馬的龍就是由該部隊負責掃蕩。

沃倫還是一名少年的時候，就隸屬於該部隊。他當時以一名少年之姿，成了僅次於初代女王的屠龍者。

由於衰老，他已經不如年輕時代那麼強大。即使如此，他仍然不會輸給體高只有區區兩公尺的龍。

開始交戰的幾秒內，龍便倒地不起。琥珀之龍倒地之後才察覺，這個男人肯定是過去曾試圖殺死自己的少年屠龍者。

「…………」

布倫希爾德啞口無言，甚至以為自己在作什麼惡夢。

到了現在，布倫希爾德的眼睛才在老臣身上看見不祥的徵兆。老臣始終巧妙地隱藏了自己的實力。

老兵的眼睛望向她，兩人四目相交。布倫希爾德的眼睛可以看見明確的未來。

落敗的未來。

「唔……」

即使如此，布倫希爾德仍然凝聚雷霆，朝他施放。儘管遭到身經百戰的老兵瞪視，她卻依舊能抵抗這股壓力，全都是多虧了想幫助妹妹的意念。

「唔啊啊！」

然而，布倫希爾德在戰鬥方面是外行人。雖然她曾為了王室的教養而學習射箭，那種技術在戰鬥中幾乎派不上用場。

老兵輕而易舉便躲開雷霆。然後，他逼近到布倫希爾德面前，用細刃匕首刺穿要害。強烈的痛楚使得布倫希爾德中斷了意識。

「姊姊！啊啊，怎麼會！」

看到昏厥的布倫希爾德，克琳希爾德陷入恐慌。

沃倫用冰冷的眼神注視著她，統整目前的狀況。

這是個大好機會。

現在操控克琳希爾德，讓她殺死布倫希爾德就結束了。

雖然會結束。

沃倫無法那麼做。

很不幸地，這裡是舉辦派對的地方，有其他貴族在場。

他不能在其他貴族的面前命令女王殺人。

既然如此，要把布倫希爾德帶到沒有人煙的地方殺掉嗎？不可能。這個女孩的出現實在太顯眼了。她集眾多貴族的目光於一身，根本不可能帶她到沒有人煙的地方……

突襲前的布倫希爾德應該沒有考慮過自己戰敗的情形，但大膽的突襲最終救了她一命。

自己想要的結果就在眼前，卻無法伸手抓住的感覺相當惱人。沃倫忍著煩躁，向騎士們下令：

「將龍和公主帶到王宮，經過正當程序之後，再決定處分。」

這就是沃倫能做到的極限。

只不過是令人煩躁而已。沃倫告訴自己，沒有必要放在心上。

光是能夠抓到布倫希爾德，情況就對自己極為有利。

沒有必要急著殺死她。

將她監禁在王宮之後，再連同龍一起偷偷殺掉即可。

向騎士下令之後，一股強烈的疲勞襲向沃倫的身體。

真不想變老啊——沃倫心想。

王國的現任王室是名為齊格菲的家族，也就是以屠龍女王為始祖的一家。

可是在齊格菲家之前，還有另一個王室。

該王室如今早已沒落。原因是汙名。該王室出了一名被稱為龍王的惡劣昏君。大約一百年前，龍王屠殺了許多國民。從此以後，這個家族就被視為昏君一族而遭受迫害。龍王之所以殺害國民，是被惡龍占據了身體，這一點卻完全沒有得到人們的寬恕。

名為阿尼瑪的低階騎士正是該家族的後裔，現年十七歲。

阿尼瑪並不是他的本名。一旦說出本名，他恐怕無法繼續待在這個國家。他的本名與昏君相同。他的雙親相信昏君是清白的，於是替他取了這個名字。這對阿尼瑪來說簡直是個大麻煩。替他取名的雙親已經不在人世，他們因為迫害而命殞。明明就不是多麼親近的血緣，實在太沒天理了。

阿尼瑪成了孤苦無依的一個人。

他的財產就只有一把長槍。

阿尼瑪怨恨齊格菲家。他一直認為自己的家族是真王室，卻被齊格菲家這個假王室放逐了。他從小就被這麼教導，而這個說法在某方面也是正確的。

他懷恨在心。因為齊格菲家，自己的家族才會如此痛苦。

可是，他並不想報仇雪恨。持續遭受迫害的阿尼瑪光是要求生存就費盡心力。他隱姓埋名，捏造自己的出身和過去，好不容易才取得騎士的地位。他打算一輩子依靠這份工作。畢竟就算報仇也填不飽肚子。

這天，阿尼瑪負責看守王宮的地牢。

當他漫不經心地值勤時，有人帶著一名少女來到地牢。

她是一名白髮紅眼的少女。

將她帶來的人是一群高階的騎士。

阿尼瑪發問：

「請問這名少女是罪犯之類的嗎？」

「她是克琳希爾德大人不久後要親自處死的人。低階騎士不需要更多說明吧？」

阿尼瑪低頭回應：

「是，您說得是。」

他不打算繼續追問。識時務者為俊傑。

少女被束縛住，然後關進值班室附設的單人牢房。

阿尼瑪注視著雙手被綁在後方並關進牢裡的少女。

他很在意一件事。

（這傢伙根本沒在好好吃飯吧？）

少女臉色蒼白，體格嬌小，而且骨瘦如柴。看在他的眼裡，少女似乎很飢餓。

現在的王國幾乎沒有飢餓存在。

女王創造的「生命靈藥」可以消除任何傷勢與疾病，就連飢餓也能治癒。因為靈藥已經廣泛普及於民間，飢餓的國民本來並不存在。

除非有人迫害她，刻意不讓她取得靈藥。

阿尼瑪很了解飢餓的痛苦。而且既然這名少女如此飢餓，就表示她的地位可能跟過去的自己一樣低賤。

據說這麼可憐的女孩就要被齊格菲家的新任女王親手處死了。

阿尼瑪莫名有種感同身受的心情。

（……我恨齊格菲家。）

所以，這是阿尼瑪復仇的方式。

到了夜晚，阿尼瑪背著其他警衛，將少女放出牢房。

各式各樣的因素都推了阿尼瑪的行動一把。阿尼瑪可以確定，就算自己放走少女也不必承擔責任。阿尼瑪很受前輩騎士的疼愛。他的願望是度過平穩的人生，所以素行非常良好。他從來不曾頂撞地位高於自己的人。決定性的因素是，今晚看守地牢的騎士之中，有一個素行十分差勁的人。要是少女逃走，肯定是那個人第一個被懷疑。要不是因為如此，膽小的阿尼瑪根本不可能做出放走少女這種大膽的舉動。

阿尼瑪帶少女離開值班室，將被沒收的細劍交給她。

「妳快逃吧。」

然而少女沒有行動。

她對阿尼瑪說：

「你不是騎士嗎……？」

「是又怎樣？」

「既然是騎士，護送我就是你的義務。不要丟下我走掉。」

聽到她這番高傲的發言，阿尼瑪愣住了。

「開、開什麼玩笑！」

也難怪阿尼瑪會生氣。

他還以為少女或許會感謝自己放她自由，可是誰能料到她竟然還想要求更多呢？

「妳以為妳是誰啊？」

「哈哈，我是公主殿下喔。」

因為她光明正大地說出很蠢的話，阿尼瑪被唬住了。同時，他也不禁認為對方應該沒有在說謊。自稱公主殿下的行為實在太丟臉，一般人恐怕說不出口。

不過，既然她是公主殿下，即將被女王親自處死的情況也就說得通了。異國會侵略王國，目的是取得王國獨有的技術與「生命靈藥」。由於操控「神力」的女王擊退所有外敵，大規模的戰爭已經結束，但各地都有小規模的爭鬥正在持續。也許這個「公主殿下」是遭到俘虜的異國公主。

阿尼瑪不認為這名公主是自己國家的公主也很正常。

正因為他過去曾是王室成員，知道齊格菲家的人都是黑髮黑眼。

眼前的少女是白髮紅眼。

不過，不論這名少女是什麼人，阿尼瑪都不打算繼續干涉。他只是為了發洩對齊格菲家的怨恨，才會放走少女。

「我願意放妳走，妳就該心懷感激了。」

阿尼瑪將少女留在夜晚的城鎮，轉身返回地牢。

帶著溼氣的咳嗽聲從背後傳來。

阿尼瑪回過頭，看見少女用手摀著嘴巴。她咳出血了。

少女跪在地上，似乎是生了什麼病。阿尼瑪看得出來她沒有力氣站起來。

「喂……喂，妳沒事吧？」

阿尼瑪趕忙奔到少女身邊。他不知道的是，治癒細劍暫時離開手邊，就是少女的症狀惡化的原因。

（啊啊……我到底在幹什麼啊？）

既然回過頭趕來，他就不能再拋下少女不管。至少也要帶這名少女回到住處，讓她喝下靈藥……

阿尼瑪提早結束工作，帶著少女回到住處，然後讓她喝靈藥。雖然少女用虛弱的力量拒絕喝下靈藥，阿尼瑪勉強讓她喝下去。她可能有生命危險，所以現在不是選擇手段的時候。

然而不知為何，應該能治百病的靈藥竟然沒有效。對於這件事，少女只說：「這是我體質的問題。」

所以，阿尼瑪讓少女喝下自己調配的藥。他具備醫學的知識。神奇的是，這種藥看起來反而有點效果。少女的狀況好了起來，總算睡著了。

看著少女手抱細劍沉睡的模樣，阿尼瑪低聲說：

「公主殿下……明明是我最不想扯上關係的人。」

因為讓他的家族沒落的昏君就是為了保護公主殿下而死。

阿尼瑪的夢想是得到普通的幸福。成為普通的騎士，領著普通的薪水，娶個普通的老婆，生個普通的孩子，然後普通地變老，普通地死去。

公主殿下光是存在就好像會破壞自己的夢想。

不過，他不能見死不救。看到從輕薄毛毯下露出的瘦弱手臂，阿尼瑪就不忍心那麼做。她的手臂並不像健康的人該有的狀態。就像王國許久未見，自己過去的手臂。

阿尼瑪不禁開始想像她在這個王國經歷過多麼悲慘的遭遇。

「……可惡！」

用毛毯蓋住纖細的手臂以後，阿尼瑪決定在地板上睡一覺。

隔天早上，阿尼瑪起床的時候，公主殿下還在睡覺。

阿尼瑪開始準備兩人份的早餐。

早餐做好的時候，公主殿下醒來了。

「昨天謝謝你。你從牢裡把我放出來，我卻這麼晚才跟你道謝。」

「妳當時也沒有餘力道謝吧？」

她當時咳出了血，阿尼瑪可以體諒。

阿尼瑪把早餐擺放到木桌上。

「吃點東西吧。我準備了對身體好的食物。」

少女低頭看著早餐，臉上浮現僵硬的笑容。

「謝……謝謝你……」

餐桌上都是公主殿下討厭的食物，菜色是以豆子與蔬菜為主的簡樸料理。公主殿下不禁覺得，稍微點綴在旁邊的肉乾是唯一的良心。

「你的好意我心領了……反正我也沒有很餓。」

阿尼瑪小聲對拒絕進食的公主殿下說：

「不吃東西會死喔。」

這句話帶著陰影。

只有體會過飢餓之苦的人才能展現的魄力使得公主殿下也退縮了。

「像妳這種營養失調的人，能吃的東西就要儘量吃。我不管妳是公主還是什麼人，不要給我挑三揀四。」

「營養啊……我的隨從也跟你說過同樣的話呢。」

她或許有什麼感觸。

公主殿下拿起木製的湯匙和叉子，再次開始吃起早餐。她眼裡含著淚水，花了很長一段時間，但確實把食物吃光了。

雖然是很簡單的一件事，卻讓阿尼瑪稍微對這個公主殿下改觀了。

少女結束漫長的用餐時間以後說：

「還讓你請我吃東西，真的很不好意思。多虧有你，我好多了。我差不多可以走了。」

「別騙人了，我一眼就能看出妳的身體還很差。」

光是臉色就相當糟糕。雖然她已經從阿尼瑪手裡收下治癒細劍，劍還沒有完全發揮效果。一旦離開手邊就會立刻失去效力，要再次蒙受恩惠則需要幾天的時間。

「可是有人正在等我。我得去救人才行。」

「那個人在哪裡？」

「在王宮，而且有兩個人。」

「放棄吧。」

如果是小事，身為騎士的自己還能替她解決，但她牽涉的事件似乎比想像還要重大。

「既然被監禁在王宮，那就沒救了。」

「我沒辦法放棄。」

「這樣啊，那就隨便妳吧。可是，我不准妳現在立刻出發。」

「為什麼？」

「因為妳一定會一出門就馬上昏倒。」

阿尼瑪很清楚讓這個公主殿下長期住下來，會提高自己被捲入麻煩事的危險。即使如此，他仍然說：

「妳可以在這裡稍微待久一點。如果妳勉強出發而死……我救妳就沒有意義了吧？」

雖然少女的身體狀況變好了，只是相較於昨天而言。一旦出去外面走動，她恐怕會馬上筋疲力盡。

少女也明白這一點。老實說她早已隱約察覺，自己就算馬上出發，也沒辦法拯救夥伴。所以，她很感激阿尼瑪的提議。理由不只在於身體不適。因為少女正遭受追捕，能夠躲藏在阿尼瑪的家中對她來說幫助很大。

「我不會待太久。」

少女注視著細劍說。

「我三天後就離開這裡。三天後，我應該就能一個人行動了。」

「好吧。」

「既然你要照顧我三天，我可以問你叫什麼名字嗎？」

「阿尼瑪。」

公主殿下聽到這個名字，覺得有些弔詭。

因為她知道阿尼瑪在古語中意味著「無名」。

公主殿下等待著他反問自己的名字，但阿尼瑪並沒有問起公主殿下的名字。

阿尼瑪的原則是己所不欲，勿施於人。

三天的同居生活開始了。

阿尼瑪很習慣照顧病人，公主殿下也對阿尼瑪十分順從。為了儘早恢復體力，她似乎決定要乖乖聽話。

只不過，只有在吃飯的時候，公主殿下會露出苦澀的表情。

即使如此，公主殿下還是會乖乖聽阿尼瑪說的話，確實吃下討厭的食物。

晚上就寢時，躺在床上的公主殿下對躺在地板上的阿尼瑪說：

「儘管我真的沒有什麼東西可以回報你……希望你別期待陪睡之類的事。」

「誰會對病人期待那種事啊？妳快睡吧。」

阿尼瑪是個年輕男孩，性慾就跟一般人差不多，與女性共度夜晚會感到興奮。如果暫住在這裡的是普通女性，他肯定難以忍受。

不過，他還沒瘋到會對病人發情。

可以的話，阿尼瑪也想請正規醫師診治這個公主殿下。可是這個國家沒有醫師，所以至

少要讓她好好吃飯。

阿尼瑪從以前就比普通人更注重飲食健康。公主殿下的身體狀況能夠漸漸好轉，或許也是多虧了他從經驗中累積的營養知識。

第二天——

公主殿下這天的身體狀況還不錯。

為了恢復體力，她在家裡慢慢走動，發現到一個倉庫。

少女窺探倉庫的行為並沒有什麼複雜的理由。

倉庫裡放著無數本醫學書。書籍原本是昂貴的物品，庶民不可能買得起這麼多，但只有醫學書例外。由於「生命靈藥」的出現，醫學類的書籍幾乎失去了價值。雖然阿尼瑪現在已經是能取得「生命靈藥」的身分，小時候生病的恐怖經驗對他造成了心理陰影。為了應付將來可能因為迫害而無法取得「生命靈藥」的情況，他會自修醫學。

搬開書籍的過程中，公主殿下找到了那個東西。

那是一把積滿灰塵的長槍。

「…………」

公主殿下啞口無言地注視著那把長槍。

她應該看了相當久的時間。

所以，她連阿尼瑪已經來到倉庫的事都沒有發現。

「妳在這裡啊。」

「……這把長槍是？」

「只是普通的長槍。」

「不對。」

誕生在王室的少女知道這把長槍的真面目。

「這不是普通的長槍，而是寄宿著精靈之力的魔槍。這把長槍以前的主人是王國第一的騎士。」

「原來公主殿下還會鑑定啊？」

公主殿下因此推測出阿尼瑪的真實身分。

「為什麼……你要讓這把長槍沉睡在這裡？為什麼要讓它積滿灰塵？這把長槍應該能給你力量。有了這把長槍，你就不必只當個低階騎士，連騎士團長的寶座都不是夢想。」

「那把長槍的主人被殺了喔。」

阿尼瑪用平淡的語調說。

「原因就是他有力量。他死得就像個英雄，非常戲劇化。」

阿尼瑪不屑地繼續說：

「實在是很無聊的死法。說什麼要保護王室之類的大話，結果誰也保護不了。倘若要說無聊，我的家族也很無聊。他們把這種長槍當作傳家之寶，一直保存到現在，還相信這把長槍一定會守護我們家族。就是因為它沒辦法守護我們，除了我以外的家人都死了。」

公主殿下靜靜地聆聽阿尼瑪的咒罵。

「我才不想當什麼英雄，也不崇拜英雄。雖然那把長槍是我老爸傳給我的，我對它沒有什麼執著。我會繼續留著它，只是要在缺錢花用的時候賣掉它罷了。」

這個時候，阿尼瑪注意到自己的聲音有多麼陰鬱且低沉。對親人與長槍的怨恨在不知不覺中加重了他的語氣。所以，阿尼瑪用詼諧的口吻，以開玩笑的心態說出下一句話。

——如果妳是公主，那我的真實身分就是王子了。

公主殿下無言以對，甚至沒有對這個玩笑嗤之以鼻。阿尼瑪認為這段沉默是因為自己開的玩笑太無趣了。

「但是，我一點也不在乎國家與人民。我的夢想是得到普通的幸福。我要當個普通的騎士，領著普通的薪水，娶個普通的老婆，生個普通的孩子，然後普通地變老，普通地死去。這個夢想不需要魔槍。」

公主並沒有嘲笑末代王子懷抱的普通夢想。

「……看來這把長槍還是就這麼腐朽比較好呢。」

第三天——

阿尼瑪的照顧有了回報，少女的精神已經恢復不少。

「我要去運動，順便陪你去買東西吧。」

不知道她這麼說是因為一時興起，還是有別的理由。

兩人一起上街購物。雖然阿尼瑪讓公主殿下幫忙提購物籃，因為她本來就虛弱無力，提不了多少東西。她用裝得下許多蔬菜的籃子來提兩三顆水果的模樣，讓阿尼瑪忍不住懷疑她是不是來鬧的。

購物結束並回到家以後，公主殿下不知道在想什麼，甚至想進廚房幫忙做菜。她拿著菜刀，試圖削掉蔬菜的皮。但是因為她用刀的方式實在太危險了，阿尼瑪馬上就沒收菜刀。

「妳乖乖等著啦。妳想幫忙的樣子很噁心耶。」

阿尼瑪嘴巴上這麼說，心裡其實很高興。

他的其中一個夢想是「娶個普通的老婆」。雖然他並沒有把這名少女當成異性看待，也認為自己如果有老婆，感覺或許就像這樣……不過從公主殿下的無能程度看來，實現的夢想與其說是「娶老婆」，反而比較接近「生孩子」。

一點點。雖然只有一點點，自己開始有種開心的感覺。

只不過，公主殿下會這麼做，並不是突然萌生善念，而是因為她對舊王室感到內疚。阿尼瑪其實不該過著這樣的生活。

三天過去了，公主殿下的體力已經恢復許多。

「這三天真的很謝謝你。」

公主殿下轉身離開阿尼瑪的家。她看起來好像一點感觸也沒有，反而像是想要儘早離開這裡……阿尼瑪的心感覺到一陣刺痛。

這三天來，他都在照顧病人。儘管如此，他也從中得到了某種平靜。其實早在公主殿下到來的第一晚，他就已經有這種感覺了。

雖然公主殿下並不會為阿尼瑪做什麼，光是陪伴就能撫慰他的心。這是拋棄出身、過去與姓名，孤身活到現在的少年第一次感受到的安穩。

阿尼瑪對正要離去的公主殿下說：

「如果妳又遇到困難……可以再來找我。」

阿尼瑪覺得自己幫她太多了。明明只有三天的交情。

可是，他們相處了三天。兩人或許算不上朋友，但也已經不是陌生人。

公主殿下並沒有說自己還會再來。

「我不會再來這個家了。」

「這……這樣啊。不過我是說，如果還有機會見面的話。」

「……對了，我還沒告訴你名字呢。」

「妳其實不必告訴我名字……」

「我的名字，叫做布倫希爾德。」

阿尼瑪的時間停止了。

布倫希爾德。

這是阿尼瑪最不想扯上關係的名字。

因為據說他們家族沒落的開端，就是因為跟一個名叫布倫希爾德的女人扯上關係。

布倫希爾德也知道這件事。

所以，她才會用自己的名字來道別。

「像你這種窮小子，我一輩子都不想再見到了。」

布倫希爾德用冷漠的語氣拋下這句話便離去。

她的身影完全消失以後，阿尼瑪的心裡才慢慢燃起怒火。

「那傢伙，那種口氣……」

他對最後一句話不以為然。

說什麼一輩子都不想再見到。

阿尼瑪聽得出來。

她只是不想破壞阿尼瑪的普通夢想而已。

「還罵我是窮小子……她也太不會說謊了吧……」

可是，阿尼瑪只能坦然接受這番話。因為他的夢想是過著普通的生活。

阿尼瑪決定忘掉布倫希爾德，以無名小卒的身分繼續活下去。

第四章

那名少年一個人站在血海中。

四周有倒塌的建築物、散落的瓦礫，以及龜裂的道路。

無數具屍體橫躺在地。他們都是少年的朋友或熟人。

這裡原本是一座小村莊。

卻在龍的襲擊之下面目全非。

少年後來才得知，因為支配王國的惡龍死去，他私下部署在全國的一部分龍群才會擅自開始行動。

不過那種龍也已經死了。從脖子流出鮮血，倒在村莊中央的就是龍。充滿村莊的血幾乎都來自這頭龍，全長有十五公尺以上。

少年殺了龍。

他不知道自己為什麼辦得到。看見龍的時候，他便覺得自己贏得了。少年下意識地拿起小刀，一回神就殺了龍。少年或許是個天才。

屠龍天才。

如果真是如此，天才似乎也沒什麼大不了。

因為他只能殺死龍，連一座村莊都保護不了。

那天傍晚，王室的騎士們來到村裡。

率領他們的人是一名將近三十歲的女人。她身邊還跟著一個跛腳的隨從。

女人看見村裡的慘狀說：

「是你殺了龍嗎？」

「嗯，沒什麼大不了。」

少年並沒有逞強，真的沒什麼大不了。

女人跪在少年面前。她明明身分高貴，卻不在乎膝蓋會被地上的血弄髒。

女人把少年拉過來抱在懷裡。

然後說：

「抱歉我來晚了。你一定很害怕吧。」

少年不明白她在說什麼。

他跟比自己巨大十倍以上的龍戰鬥，卻沒有感覺到一絲恐懼。

少年被女人收養了。這個女人甚至會到處收養孤兒，扶養他們長大。

這個女人就是屠龍女王。

女王收養的少年被分發到屠龍的輔佐部隊。少年是志願加人的。他或許是認為這個地方才有自己的容身之處。至少比在孤兒院務農還要合適多了。

輔佐部隊有許多人都很崇拜女王。他們口口聲聲說：

「那位女士是天才。」、「在屠龍方面，無人能出其右。」

天才啊？既然如此，那個女王應該也沒什麼大不了。

少年曾聽女王說過這句話：

「我想讓王國的所有人幸福。」

憑區區的天才，恐怕無法實現這個夢想。就像自己無法保護村莊那樣。

然而——

少年漸漸明白。

這個世界上有超越天才的存在。

該稱之為什麼呢？少年只能想到一種稱呼。

那就是神。

少年見到的是全盛時期的女王。

她的右手輕輕一揮，放出的光芒就能橫掃異國大軍。

她的右手觸碰水，水就會化為萬能的靈藥。

帶著神祕聲調的嗓音可以使得聽者感到幸福，並且服從。

即使擁有如此強大的力量，女王仍然沒有支配王國。

這個女人只將她的力量用於追求王國的幸福。

少年成為青年的時候，王國完整了。

這個國家沒有疾病和傷痛，也不需要害怕異國和龍的威脅。

青年從王宮眺望王國低聲說：

「這裡一定是永年王國。」

人所能建立的極樂世界就在眼前。

眼淚從青年的雙眼落下。有生以來第一次見到的美麗事物讓他不禁流淚。

如此無瑕的美麗，必須永遠傳承下去。他認為這就是誕生在王國之人的使命。

然而，成功建立理想國度後不久，女王駕崩了。原因在於「神力」造成的「侵蝕」。

神的最後一程走得相當倉促。

這時候，老兵甦醒了。

沃倫已經從派對會場回到王宮。

他還記得自己打算到房間裡休息一下……卻在不知不覺間打了瞌睡的樣子。上了年紀，就會有身體不聽使喚的困擾。只不過是跟一頭龍戰鬥，卻消耗了不少體力。比起活動身體，戰鬥時特有的高度集中力更容易奪走體力，戰鬥結束後甚至會無法動彈。

啊啊，對了，必須去殺掉那頭龍才行。

沃倫命令騎士們，將龍與公主帶往王宮。龍被關進尖塔，公主被關進地牢，雙方分隔在不同的地方。

沃倫沒有命令騎士們殺死龍，是因為他們不知道如何殺。屠龍需要訣竅。假如胡亂傷害擁有強韌生命力的龍，龍就會用超乎想像的力量掙扎，甚至可能逃走。除了沃倫以外，沒有人能迅速殺死龍。

王國已經幾乎沒有人知道如何屠龍。屠龍女王已死，女王的輔佐部隊中除了沃倫以外的人也都過世了。沒有死於戰鬥的人，最終也死於衰老。隊裡最年輕的成員就是沃倫。

他同時也是經歷過初代女王時代的最後一名臣子。

沃倫前往關著琥珀之龍的尖塔。

琥珀之龍被關在尖塔頂樓的房間。

他全身都插著削弱龍之力的細刃匕首，所以使不上力，無法脫逃。

登上階梯的腳步聲傳了過來。有人來到這座尖塔。

他很清楚是誰來了。一定是那個名叫沃倫的老兵或騎士正要來殺死自己。

這裡是屠龍王國，惡龍非死不可。

琥珀之龍作出最後的掙扎，努力想拔掉插在身上的細刃匕首。不過，這並不是靠氣勢或毅力就能辦到的事。

房門被打開，然後有人走了進來。

琥珀之龍已經作好受死的覺悟，不過——

『啊啊……多麼悽慘的模樣……』

走進來的人既不是老兵，也不是騎士。

而是現任女王克琳希爾德。

克琳希爾德也是齊格菲家族的一員，所以能說「龍之言靈」。

克琳希爾德趕到龍身邊，開始拔掉他身上的細刃匕首。克琳希爾德的力氣與一般少女無異，所以拔一把細刃匕首都需要不少時間。

『這應該很痛，請忍耐一下。』

插在身上的劍被拔出來確實會痛。不過，相較於琥珀之龍感受到的痛楚，克琳希爾德感

受到的痛楚明顯更強。

『嗚、嗚嗚嗚嗚！』

詛咒王冠正在折磨克琳希爾德。現在的她原本無法做出危害王國的行為。她奮力拔出劍，額頭上滲著黏膩的汗水。鮮血從黑髮縫隙間流出，頭部的血管似乎裂開了。她忍著疼痛，試圖幫助琥珀之龍逃走。

龍沒有出言阻止她。因為自己無論如何都要逃出這座尖塔，去幫助布倫希爾德。相對地，琥珀之龍問：

『妳為何不惜做到這個地步也要救我？』

『我有事情想拜託你。請你帶著姊姊，逃到王國以外的地方吧。雖然我不知道姊姊用了什麼手段，她已經逃出地牢了。請你找出她，帶她逃離王國。』

儘管克琳希爾德因痛楚而呻吟，仍舊繼續拔出插在翅膀上的細刃匕首。

『請用這雙翅膀帶走姊姊。因為這個王國沒有姊姊的容身之處。』

這個時候，再度有登上階梯的腳步聲傳來。這次很明顯是男性的腳步聲。從音色聽來，對方毫無疑問是個習武之人。

沃倫來了。

克琳希爾德更急著拔出細刃匕首。因為插在身上的細刃匕首減少，琥珀之龍已經可以稍微用力，所以他也加入拔劍的行列。

他們正要拔出最後一把劍的時候，腳步聲變成了奔跑聲。對方應該已經發現尖塔有別人存在。可以的話，琥珀之龍想先破壞克琳希爾德的王冠再逃走，卻沒有時間。

沃倫踏進房間的時候，他們正好拔出最後一把細刃匕首。

琥珀之龍準備破窗而出，但沃倫的手已經拔出新的細刃匕首。沃倫的動作比龍脫逃的速度更快。

細刃匕首即將被擲出。

「住手！」

女王的聲音在尖塔中迴響。

克琳希爾德張開雙手，介入兩者之間。

對沃倫來說，這點程度根本不成障礙。他能推開女王再投擲，而且只要稍微改變射出的角度，就連推開的動作都沒有必要，克琳希爾德試圖保護龍的行為毫無意義。

然而——

振翅的聲音傳進耳裡，龍成功逃走了。

沃倫沒能採取行動，眼睜睜看著龍衝破窗戶。

龍的身影在窗外漸漸縮小。

尖塔的房間裡，只剩下女王與老臣。

克琳希爾德——黑髮女王一臉疑惑地注視著沃倫。

然後詢問：

「為什麼……你不擲出劍？」

克琳希爾德很清楚自己的無能為力，也知道自己連龍的擋箭牌都算不上。

沃倫沒有回答，只是把細刃匕首收回大衣裡。

克琳希爾德袒護龍的時候發出的聲音在沃倫的腦中迴響。

少年過去憧憬的對象也是黑髮女王。

挺身保護他人的身影……一瞬間重疊了。

「有龍！有龍出現了！」

布倫希爾德走在街上，聽見人們吵吵鬧鬧的聲音。

她抬頭一望，正好看見一頭琥珀色的龍飛越城鎮上空的模樣。琥珀之龍為了尋找布倫希爾德，刻意在顯眼的地方到處盤旋。

布倫希爾德用「龍之言靈」呼喚龍的名字。

『貝倫修坦！』

琥珀之龍對聲音有反應，低頭俯視城鎮。下方有幾名村姑，他從中找出白髮的村姑便急速下降，然後將她叼起。

他一邊上升，一邊將布倫希爾德往上拋起。

「唔哇……」

布倫希爾德墜落在龍的背上。琥珀之龍靈巧地讓布倫希爾德騎到自己的背上。

下方城鎮的民眾紛紛高喊：「有個女孩被抓走了！」、「快叫騎士來！」

『貝倫修坦，幸好你沒事。你是怎麼逃出來的？』

『是妳妹妹幫助了我。』

龍持續高速飛翔，往遠離王宮的方向前進。

『……欸，你要去哪裡？』

『王國以外的某個地方，去哪裡都可以。妳要在那個地方，跟我一起生活。』

『不行！』

布倫希爾德的聲音稍微激動起來。

『我不是說過了嗎？我要破壞王冠。我不能丟下妹妹，自己逃走。』

『是妳的妹妹這麼拜託我的。』

布倫希爾德頓時語塞。

『放我逃走的時候，克琳希爾德要我帶著她的姊姊，逃到王國以外的地方。我當然也跟她抱持相同的看法。』

『可是……』

『實際上，要拯救克琳希爾德恐怕很困難。因為我們沒有方法能打倒那個老兵。我要帶妳到國外。這次不管妳怎麼反對，我都要帶妳走。』

這時琥珀之龍的腦海閃過布倫希爾德被沃倫抓住時的樣子。被細刃匕首封鎖行動的龍只能眼睜睜地望著這一切。他已經不想再體會那種無能為力的感覺，也不想讓布倫希爾德再遭遇那種事。

『我不能再重蹈覆轍……』

他靜靜低語的這句話讓布倫希爾德很高興。那是能直達內心深處的音調。

『……謝謝你，你真的對我很好。』

布倫希爾德用手臂環抱龍的脖子。她的手勢也確實帶著好意與關愛。因此，琥珀之龍才能放心地飛向王國之外。

儘管如此——

『……可是，對不起。』

原本環繞頸部的手臂輕輕鬆開。

背上的重量也消失了。

龍震驚地回過頭，看見布倫希爾德從自己的背上跳了下去。

她以頭下腳上的姿勢，朝地面墜落。初代女王沒有翅膀也能在天空飛翔，但布倫希爾德辦不到。

『妳這個蠢蛋！』

琥珀之龍追逐墜落的布倫希爾德。她以流星般的速度持續下墜，龍在即將墜地的前一刻叼起了布倫希爾德。

琥珀之龍叼著她怒斥：

『妳差點就死了啊！』

『我不會死，因為我的肉體無敵。不過，應該會有點痛就是了。』

經她這麼一說，確實如此。因為事情發生得太突然，龍一時忘了布倫希爾德擁有無敵的肉體。

『就算是如此，妳也不該這麼亂來。』

雖然布倫希爾德說得輕描淡寫……如果摔到地面上，感覺應該不會只是「有點痛」的程度才對。

『我有什麼辦法？再那樣下去，我就要跟龍私奔了。』

『妳就這麼討厭我嗎？』

『不是那樣，我很喜歡你。可是……我還是會以妹妹為優先。』

『妳愛妳妹妹嗎？』

『嗯～怎麼說呢？被這麼一問，我也不知道該怎麼回答……可是……對我來說，保護克琳希爾德就跟呼吸一樣理所當然。所以，我的心裡完全沒有拋下她的選項。』

琥珀之龍心想，這種感情就叫做愛。

他活過的歲月比人類更長。對於名叫愛的感情，他好歹也懂一點。

就算勉強將布倫希爾德帶到國外，她應該也會獨自返回王國。

琥珀之龍輕輕放下口中的布倫希爾德。布倫希爾德的纖細雙腳踩到地面上。

『……沒辦法，我們再擬定一次策略吧。救出妳妹妹的策略。』

琥珀之龍終於理解，除非先救出克琳希爾德，否則救不了布倫希爾德。

「布倫希爾德！」

阿尼瑪看見被琥珀之龍帶走的白髮少女。也難怪他會以為龍想抓走並吃掉少女，因為他聽不見「龍之言靈」。

阿尼瑪開始追逐龍與布倫希爾德。可是龍飛得很快，他完全追不上。

持續奔跑的阿尼瑪終於喘不過氣而停下腳步。他低著頭，呼吸得很急促。汗水滴落下來，在地面上形成黑色的水漬。

「可惡……布倫希爾德……」

他不甘心地低語，這時有人向他搭話：

「喂，那邊那個人。」

阿尼瑪一抬頭便看見騎士。對方身上穿著只有高階騎士能夠裝備的鎧甲。

這名騎士是王國內名列前十二人的高手。他的地位足以知曉王國的黑暗——靈藥與王冠的真相。

「你剛才說了布倫希爾德吧？」

阿尼瑪感覺到全身的血液都在倒流。

「不……我……」

現在整個王國的騎士都在尋找布倫希爾德。

騎士用力抓住阿尼瑪的手臂。

「你跟我過來。」

阿尼瑪被帶往王宮。

高階騎士親自審問了他。高階騎士通常不會親自審問嫌犯，但布倫希爾德的事與王國的黑暗面有著密切的關聯。除非是知道靈藥等內情的人，否則不能參與審問。

被問到關於布倫希爾德的事，阿尼瑪全都坦白招供了。一部分是因為想自保，另一部分則是因為他知道就算說出這些事，對逮到布倫希爾德也沒有幫助。他只不過是藏匿布倫希爾德三天的時間罷了。

高階騎士似乎也認為阿尼瑪手上並沒有什麼重要的情報。

「我們已經沒有問題要問你了。」

高階騎士這麼說著，離開了偵訊室。阿尼瑪以為自己很快就能重獲自由。

高階騎士離開後過了十分鐘。

有別人來到了偵訊室。

阿尼瑪深信是低階騎士要來將自己帶出王宮。

然而來到這裡的，卻是身分地位遠高於高階騎士的人。

他是身穿暗色大衣的老臣——沃倫。

偵訊室的氣氛一口氣改變了。沃倫的精明氣場讓阿尼瑪感到緊張。

沃倫嚴肅地開口說：

「我知道你是什麼人。」

沃倫的手裡拿著一把長槍。那是放在阿尼瑪家裡的魔槍。騎士擔心他還藏匿著布倫希爾德，在搜索阿尼瑪的住處時找到了這把長槍。

沃倫的言詞雖然不加修飾，確實帶有對阿尼瑪的敬意。

「我必須先道歉，舊王室不應該淪落到現在的地步。」

沃倫身為女王的親信之一，知道關於舊王室的事，也知道他們是基於無辜的理由而遭受迫害。

屠龍女王過去曾試圖庇護舊王室。女王死後，繼承其遺志的隨從還活著的期間，舊王室也受到了庇護。可是在追求實質利益的貴族眼裡，庇護舊王室根本是無意義的支出。女王死後，她的隨從也死後，舊王室受到的庇護便漸漸縮水。沃倫雖然繼承女王的遺志，試圖繼續庇護舊王室，卻因為女王死後的王國有許多應處理的其他事務，結果沒能徹底保住舊王室。

「你無法說出自己的真名，我也有一部分的責任。」

阿尼瑪愣住了。他沒有想到，世界上竟然還有人站在自己這一邊。

「只要你願意，我會賦予你貴族的身分。你不應該終生只當個低階騎士。」

「……真的嗎！」

阿尼瑪的表情亮了起來。他直到今天都渴望過著「普通」的生活。不過，如果能過上優於普通的生活，那當然再好也不過。

「當然是真的。不過，我也有個條件。並不是多麼困難的條件。」

「請問是什麼條件呢？」

沃倫向阿尼瑪遞出魔槍。

「請你拿起這把長槍，為王國而戰。你要跟我一起守護王國。」

「咦……」

阿尼瑪猶豫了。

拿起魔槍與成為貴族，兩者之間似乎有不同的意義——阿尼瑪有這種感覺。如果真有所謂的命運，拿起這把長槍的同時，自己恐怕會被某種強大的浪潮吞噬。

沃倫看到阿尼瑪支支吾吾的樣子說：

「你真正的名字是英雄之名。英雄應當肩負某些責任，而你的責任就是為這個王國獻身。你要成為不負真名的人物。」

「具體來說……我應該做些什麼呢？」

「首先，我想請你幫忙殺死布倫希爾德。」

沃倫向阿尼瑪提起王國的內幕。不知道是因為相信阿尼瑪會成為自己的夥伴，還是因為想向舊王室贖罪。

「這把長槍具有魔力，或許能奪走神之子的性命。我很期待你的表現。我甚至希望你能繼承我的理念，成為王國的守護者。」

沃倫很看好阿尼瑪。

他知道百年前惡龍死亡的真相。某天，初代女王私下告訴了他。

其實被稱為昏君的龍犧牲自己的性命，保護了初代女王。他讓人們以為是初代女王殺死了以惡龍之姿作亂的自己，將她捧為屠龍英雄，而不是昏君的妻子。對沃倫來說，舊王室是神的恩人。正因為如此，他無論如何都想讓阿尼瑪來守護初代女王的王國。沃倫甚至將這場邂逅視為命中注定。

可是阿尼瑪仍然猶豫不決。

「如果拒絕……我會怎麼樣呢？」

「你有立場拒絕嗎？」

沃倫的語調頓時嚴厲許多。

他的言下之意就是——

既然身為英雄，不善盡職責就是一種罪過。

沃倫將長槍立在牆邊。

「如果你下定決心揮舞這把長槍，到時候請務必讓我以真名來稱呼你。」

他留下長槍走出偵訊室。

阿尼瑪凝視著長槍。

只能跟布倫希爾德戰鬥了。自己直到今天都過著識時務的生活，現在也應該如此。更何況，這種情況不允許自己拒絕。自己詢問「拒絕會如何」時，沃倫的回答就已經顯示，他實際上根本沒有選擇。

自己很清楚。

「雖然我很清楚……」

與布倫希爾德共度的三天閃過腦海。

心不甘情不願地吃下蔬菜的模樣；明明體弱多病，卻還是要幫忙買東西的模樣；最後為了他的安危，拋下一句拙劣謊言後離去的模樣。

如果她只是素未謀面的陌生人，那就輕鬆多了。他們明明只共度短短的三天，彼此或許稱不上朋友，但也已經不是陌生人。

「我……」

阿尼瑪仍然坐在椅子上不動，認為就這麼繼續煩惱下去還比較輕鬆。

布倫希爾德與琥珀之龍一起前往齊格菲家的舊址。舊址是初代女王還是巫女的時候居住的家。她登基為女王以後，只有她的親屬住在這裡。

布倫希爾德與琥珀之龍看準居民和傭人外出的時機，嘗試入侵到屋內。

為了防止有人闖空門，門窗都嚴格上了鎖，不過布倫希爾德還是能用雷霆的力量將其加以破壞。

他們來到這裡，目的是尋找與龍有關的文獻。舊址的地下室存有歷代龍巫女所撰寫的文獻。由於歲月的摧殘，這些文獻容易在運送的過程中崩解，因此無法轉交給王宮或學院，而是繼續保存在這個家中。齊格菲家的親屬之所以住在這個家，有一部分原因是為了保護這些文獻。

布倫希爾德在書庫找到目標中的文獻，文獻中記載了關於龍之祕術的內容。布倫希爾德從別的房間拿來一條寶石項鍊，用鑿子在上面雕刻咒文。

琥珀之龍詢問：

『妳又在做讓我恢復原狀的寶石了嗎？』

琥珀之龍被關進尖塔的時候，先前拿到的寶石已經遭到沒收。

『我以後也會再幫你做那個。』

鑿子停了下來。咒文已經刻好了。

布倫希爾德把項鍊戴到龍的脖子上。緊接著，龍開始變身。

他變成王宮的高階士兵，身上也穿著鎧甲等裝備。

「龍的祕術原本就可以任意變成想要的模樣，我在上面刻了可以變身成王宮騎士的咒

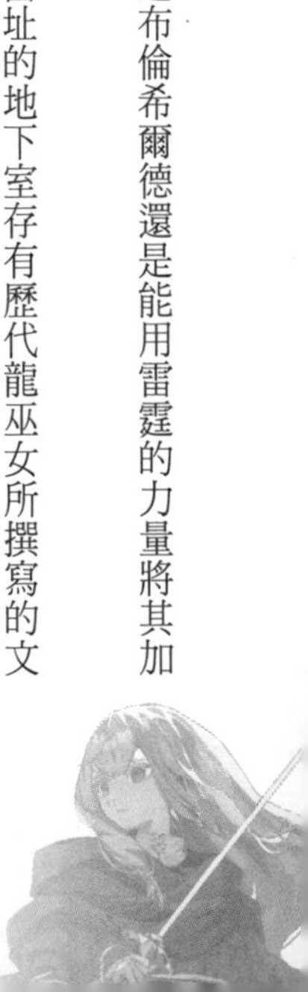

文。就靠這招入侵王宮吧。」

「原來如此。妳的意思是要我單獨入侵，破壞克琳希爾德的王冠，將她救出來吧？」

「我怎麼可能讓你自己一個人去。」

布倫希爾德前往傭人的房間，裡面有幾件女僕——屬於在這個家工作的女僕——制服。

「我會喬裝成女僕跟你一起去。你一個人的話，萬一發生什麼事就危險了。」

布倫希爾德說著，獨自走進傭人的房間。大約五分鐘後，她走了出來。換上女僕裝的布倫希爾德十分惹人憐愛，帽子剛好可以隱藏白色的頭髮。只要閉上眼睛，她看起來就只是一個普通的女僕。

布倫希爾德輕輕轉了一圈，展示自己身上的衣服。裙子優美地飄起。

「怎麼樣？我覺得還滿適合我的。」

「很適合妳。話說回來，妳好像很開心呢。」

「其實我一直很想穿穿看。因為很可愛。」

布倫希爾德是個即使身處逆境，也仍舊保持開朗心態的少女。貝倫修坦很想儘快從逆境中救出這名少女。

兩人離開舊址，前往王宮。

他們光明正大地從正門進入王宮，守衛對貝倫修坦敬禮。多虧貝倫修坦喬裝成高階騎士，沒有人懷疑他們倆。

兩人打聽了克琳希爾德的所在地，得知她果然在王座大廳。

他們裝成騎士與女僕的樣子，踏進王座大廳。

王座大廳裡有老臣、騎士團長等幾名騎士，以及負責打掃的女僕和管家在。

坐在王座上的克琳希爾德抱著頭，看起來很痛苦。她正在努力抵抗王冠的命令。

「克琳希爾德……！」

布倫希爾德差點衝出去救妹妹。

不過貝倫修坦制止了她。

『有沃倫在。』

老兵守在克琳希爾德旁邊。除了他以外，還有無數騎士待在王座大廳裡。

雖然布倫希爾德假裝打掃，暫時窺探沃倫的動向，然而他似乎沒有離開克琳希爾德身邊的意思。

『也許他……早就料到我會來救克琳希爾德了。』

可是，布倫希爾德當然也是有備而來。

布倫希爾德對貝倫修坦下指示：

『你去附近的露臺等我。我馬上過去。』

貝倫修坦按照指示前往露臺。

布倫希爾德從王座大廳的入口附近，呼喚王座上的克琳希爾德。

『克琳希爾德，妳過來這邊。』

這聲呼喚使用「龍之言靈」發出，只有齊格菲家的成員或龍能夠使用這種語言。「龍之言靈」並不是聲音，所以王宮的士兵們聽不見。這種語言會直接傳進對象的腦中。

以「龍之言靈」將克琳希爾德叫到自己身邊，使用雷霆來破壞王冠，然後與身在露臺的貝倫修坦會合，叫他變回龍的模樣，載著她們逃走——這就是布倫希爾德的策略。

『克琳希爾德。』

克琳希爾德似乎聽見了呼喚，於是抬起頭來。

『姊姊？』

『我來救妳了。妳能不能想辦法過來王座大廳的出口？那樣我就能毀掉王冠，帶妳一起逃走了。』

克琳希爾德望向王座大廳的出口。

『可是我沒看到妳……』

『我打扮成女僕的樣子了。』

克琳希爾德重新掃視周圍，然後說：

『啊啊，我找到妳了。我馬上過去。我想想有什麼能離開王座的理由……』

不過就在這個瞬間，一旁的沃倫對騎士們說：

「布倫希爾德似乎來了，把她找出來。」

『唔！』

騎士團長與屬下們開始搜索布倫希爾德。

難道沃倫能聽見「龍之言靈」嗎？

（不對，那是不可能的……）

這個時候，布倫希爾德發現沃倫在觀察克琳希爾德的臉。他應該是從妹妹的表情變化，推測出布倫希爾德已經來到附近的事實。既然如此，兩人使用「龍之言靈」對話的事恐怕也已經被他看穿了。沃倫是歷代女王的親信。即使他聽不見「龍之言靈」本身，也很有可能熟知其存在與性質。

不只是騎士，連沃倫都朝布倫希爾德走來。

（糟了糟了糟了……）

儘管布倫希爾德很慌張，仍舊儘量假裝平靜，試圖離開王座大廳。自己正打扮成女僕的模樣。這個王座大廳除了自己以外，還有幾名女僕。只要不慌不忙地行動，說不定就能度過危機。

冷靜下來就沒問題了。

雖然布倫希爾德這麼想。

卻能感覺到強烈的視線。

沃倫正看著自己。注意到這一點的時候，一陣寒意竄上布倫希爾德的背脊。

說出「布倫希爾德似乎來了」的時候，老兵沒有看漏稍有可疑舉止的女僕。沃倫早已鎖定布倫希爾德。

他毫不猶豫地快步逼近布倫希爾德。

布倫希爾德的身體正發出恐懼的吶喊。

快逃啊——

身體想起被細刃匕首貫穿的痛楚。

不過，理智或感情壓抑了恐懼。

（都到這裡了，我不能什麼都不做就逃走。）

布倫希爾德凝聚雷霆。沃倫那雙老鷹般的眼睛瞪著布倫希爾德的右手。

她放出雷霆，閃光開始奔馳。

透過狩獵鍛鍊的箭法百發百中。

然而前提是對手並非身經百戰的老兵。

老兵輕易躲開了光之箭。

布倫希爾德不禁小聲地脫口說出：「算得剛剛好……！」

雷霆的目標並不是老兵。

而是朝老兵身後的克琳希爾德飛去。

正確來說，目標是克琳希爾德頭上的王冠。

百發百中的箭精準地貫穿了遠處的王冠。一陣玻璃碎裂般的聲音響起，王冠四分五裂。

即使是不苟言笑的老兵，見到這一幕也瞪大了眼睛。他回頭望向克琳希爾德，看著王冠碎散的模樣。

沃倫馬上重新面向布倫希爾德。然後他罕見地用帶有恨意的聲音低聲吼道：

「妳這個……」

布倫希爾德已經逃出王座大廳。縱然她在走廊上奔跑，卻不可能逃得掉。布倫希爾德體弱多病，所以跑步的速度非常慢。抵達貝倫修坦正在等待的露臺之前，她就會被逮到。

男人的腳步聲從背後追了上來。

（只能賭一把了……）

布倫希爾德拐了個彎，然後馬上衝進附近的房間。她想躲在這個房間，等到鋒頭過去。

例如躲進衣櫃，或是床底下。雖然成功的機率很低，她也只能這麼做了。要執行這項計畫，就有必要先找到一個無人的房間。

沒有時間猶豫了，布倫希爾德衝到房間裡。帽子因為動作過大而脫落，使得白色長髮露了出來。

不幸的是房間裡有人。

不過，不知究竟算不算幸運，布倫希爾德認識這個人。

「阿尼瑪……？」

原本坐在椅子上的阿尼瑪看見布倫希爾德，於是站了起來。

「布倫希爾德？」

兩人靜靜注視著彼此。

「阿尼瑪，你怎麼會在這裡……」

布倫希爾德驚覺。

「難道是因為藏匿過我……」

阿尼瑪一臉苦澀地說：「嗯，就是那麼一回事……」

布倫希爾德思考了一下之後說：

「……如果你想逃走，我會幫你。」

如果阿尼瑪是因為自己才遭遇困境，自己就有責任幫助他。

「前面的露臺上有一個高階騎士，他是我的龍隨從。你可以請他載你離開王宮。」

阿尼瑪也不是笨蛋，輕易就猜到那頭龍是布倫希爾德的逃脫手段。他們住在一起時，布倫希爾德說過自己該救的人在王宮。她現在喬裝成女僕的模樣，應該也是因為如此。

「那樣妳就逃不掉了吧？」

「我沒關係。你救了我，我不希望恩人遇到壞事。」

阿尼瑪開始覺得自己很悲哀。他現在心裡是這麼想的——

只要在這裡殺死布倫希爾德，就能回應沃倫的期待……

他看著靠在牆邊的長槍。

只要拿起那把長槍，就能殺死布倫希爾德。

布倫希爾德沒有察覺他的想法，催促他：

「你在發什麼呆？快點……」

自己明明有可能被捕，這名少女卻還是能擔心他人——阿尼瑪這麼想。另一方面，自己想殺死願意幫助自己的人，試圖明哲保身。

阿尼瑪心中產生強烈的猶豫——猶豫是否要殺死布倫希爾德。

這個時候，門被打了開來。沃倫走進房間，手裡已經握有細刃匕首。接著，騎士們也走

了進來。

「唔……」

布倫希爾德做出將阿尼瑪護在身後的舉動。她的右手凝聚著雷霆。

不過，沃倫甚至沒有表現出戒備的舉動。並非習武之人所放出的箭，要閃避或擊落都很容易。他甚至能在這個瞬間擊昏布倫希爾德。

不過，沃倫刻意不那麼做。

沃倫交互看著布倫希爾德與阿尼瑪說：

「這是個好機會。」

阿尼瑪的心臟不安地加速。

沃倫用幾乎是命令的語氣對阿尼瑪說：

「殺了布倫希爾德。你要成為英雄，別背叛你的真名。」

阿尼瑪愣住了。他還沒有下定決心殺死布倫希爾德。

布倫希爾德定睛注視著阿尼瑪，但並不是在求他饒命。少女看著阿尼瑪的臉，推測現在的狀況。

「……我大概知道發生什麼事了。阿尼瑪，拿起長槍殺了我吧。」

「可是……妳……」

「沒關係，反正我已經達成目的了。我毀了克琳希爾德的王冠，她已經自由了。我的妹妹不是笨蛋，現在她應該一個人逃出王宮了。既然如此，我就滿足了。」

面對仍然不行動的阿尼瑪，布倫希爾德用狠毒的語調說：

「我不知道你在猶豫什麼啦……只是一起過了三天，你也放太多感情了吧？我不是說過了嗎？我討厭像你這種窮小子。我跟你才不是朋友。」

「妳……」

阿尼瑪不禁發出略帶怒氣的聲音。

因為布倫希爾德說的話，阿尼瑪採取行動。

他拿起靠在牆上的長槍。

緩緩舉起。

布倫希爾德閉上眼睛。具有魔力的長槍或許能奪走自己的性命。可是，這並不是絕對。自己可能不會死，反而因此受苦。她希望阿尼瑪至少能一擊就讓自己解脫。

阿尼瑪用憤恨不平的聲音低語：

「……妳給我開什麼玩笑。」

長槍一閃，使出具有魔力的一擊。

「鏗」的一個聲音響起，細刃匕首飛向空中。

長槍彈飛了沃倫的武器。

阿尼瑪對布倫希爾德大吼：

「妳給我開什麼玩笑！我的人生規畫都被妳打亂了！」

阿尼瑪用空著的手將布倫希爾德抱起。布倫希爾德的身體很嬌小，非常輕盈。

他就這麼奔向房間的出口。

（什麼叫做我跟你才不是朋友。）

阿尼瑪咬牙切齒。

「因為男人都是笨蛋……相處三天就會把對方當作朋友啦。」

沃倫並沒有眼睜睜看著兩人逃走。他從大衣裡拿出其他細刃匕首，朝布倫希爾德投擲。

「……唔！」

阿尼瑪勉強用長槍將細刃匕首擊落。

不過，沃倫當然不可能放過這個破綻。

新出鞘的細刃匕首已經瞄準阿尼瑪。

白刃逼近到阿尼瑪的眼前。

（躲不掉……）

阿尼瑪的腦中閃過後悔。

幾秒後，自己恐怕會被劍貫穿。他躲不掉細刃匕首，也無法反擊。

（可惡，也許我不該沒想清楚就幫布倫希爾德……）

阿尼瑪只能準備迎接即將到來的痛楚。

然而——

一陣堅硬的碰撞聲響起。

他轉頭一看，發現細刃匕首掉到地上。

自己應該無法擊落的東西被擊落了。

「啊……？」

現場最困惑的人恐怕是手持長槍的阿尼瑪。

長槍擅自動了起來。它彷彿擁有自我意識，彈開了刀刃。也許這就是它被稱為魔槍的其中一個理由。

阿尼瑪想起一件事。

他的家族相信這把長槍會守護他們。

沃倫立刻拔出新的細刃匕首刺向阿尼瑪，卻又被長槍彈開。

長槍尖在空中跳躍。

為了保護兩名王室成員不受魔手的侵害。

彷彿要洗刷昔日主人的遺憾。

沃倫對阿尼瑪揮舞細刃匕首。阿尼瑪使用超乎自身實力的長槍法與他對打。

雙方對打了十次左右。

卻遲遲沒有分出勝負。假如這只是普通的戰鬥，魔槍恐怕早已貫穿對手的心臟。可是，沃倫即使年事已高，仍然具有足以與魔槍匹敵的實力。

魔槍與老兵的交鋒十分激烈，趕到現場的騎士們根本無從介入。

刀劍碰撞的聲音在四周迴響。

魔槍的動作漸漸變得遲鈍。

不，正好相反。是沃倫的動作變得越來越靈敏了。沃倫每次交鋒，都能逐漸看穿敵人的攻擊模式。他就是具備如此可怕的才能。

「可惡……」

阿尼瑪開始慢慢遭到壓制。

發覺我方居於劣勢的布倫希爾德從衣服的口袋中取出一個小瓶子，裡頭裝著銀色的固體與液體。她對沃倫丟出這個瓶子。

沃倫一瞬間猶豫該如何應對。

不論是要躲開還是擊落，處理起來都很容易。不過，剛才發生的事閃過他的腦海。他躲開雷霆，王冠就被毀了。倘若對方是為了讓自己迴避而丟出小瓶子，躲開這個小瓶子或許就正中敵人的下懷。

結果，沃倫決定擊落小瓶子。他用細刃匕首朝小瓶子一揮。

這個瞬間，布倫希爾德用雙手遮住阿尼瑪的眼睛，緊接著自己也緊緊閉上眼睛。阿尼瑪大叫：「妳做什麼……！」

被打破的小瓶子放出強烈的閃光，將房間內染成一片純白。

小瓶子裡裝著會藉著化學反應而發光的藥品。光芒非常刺眼，奪走了沃倫的視力。只有閉上眼睛的布倫希爾德和視野被遮住的阿尼瑪平安無事。

要是小瓶子被躲開，那就糟糕了——布倫希爾德心想。沃倫一旦躲開，小瓶子就會在他背後破裂，肯定無法阻礙對手的視野。只不過，她會投擲小瓶子，本來就是看準沃倫會因為先前的交手經驗而選擇用反擊來取代迴避。

這麼一來就能逃走了。兩人如此確信，終於奔向房間外。

不過，他們沒有成功。

劍狠狠插進地面的聲音從腳下傳來。

被擲出的細刃匕首就插在阿尼瑪前方一步的地上。

「不會吧……」

也難怪布倫希爾德會驚慌失措。

沃倫行動了。他的動作就像眼睛還看得見似的。

即使視野遭到遮蔽，對高手的戰鬥也沒有太大的影響。藉由聲音、氣味，以及接觸肌膚的空氣流動，幾乎就能判斷敵人的位置與動作。

老兵拔出新的細刃匕首逼近阿尼瑪。

老兵的猛烈攻勢沒有停歇。阿尼瑪在對打的過程中漸漸被逼到房間深處。出口的門離他們越來越遠，魔槍的攻擊模式幾乎都被沃倫識破了。

他們終於被逼到窗邊。

阿尼瑪一度考慮跳窗逃走，可是根本不可行。這裡是地上十樓，下方則是石磚地，摔下去必死無疑。

然而布倫希爾德大叫：

「跳下去，阿尼瑪！」

「妳別鬧了……！」

她自己擁有無敵的肉體，所以才認為跳下去也無所謂嗎？

「我不會讓你死，相信我吧。」

阿尼瑪別無選擇。再繼續對打下去，自己很快就會戰敗而死。

只能相信布倫希爾德了。

「可惡……」

阿尼瑪衝破窗戶跳向窗外。沃倫沒有追上來。這是當然的，畢竟他追上來只會摔死。

布倫希爾德與阿尼瑪的身體開始墜落。

「嗚啊啊啊啊啊……」

阿尼瑪以為布倫希爾德有什麼策略才會叫他跳窗，不過似乎並非如此。她可能是為了得救，才會欺騙阿尼瑪。

阿尼瑪開始哭叫。

不過，墜落的兩人在空中被接住了。

是琥珀之龍。

「是我用『龍之言靈』把他叫到房間附近了。」

阿尼瑪跟沃倫正在對打的期間，布倫希爾德都在用「龍之言靈」與琥珀之龍對話。這不是人類的語言，所以沒有傳進他們兩人的耳裡。

布倫希爾德對阿尼瑪微笑。

「怎麼樣？相信我是對的吧？」

阿尼瑪沒有回答。

因為他已經口吐白沫，昏了過去。

沃倫低頭望著窗戶的玻璃碎片。自己完全被對手將了一軍。計畫全都以失敗告終。

王冠被摧毀，布倫希爾德與阿尼瑪也逃走了。

沃倫返回王座大廳，心想至少也要將王冠的碎片蒐集起來。他走進應該已經人去樓空的王座大廳。

然而裡面還有人在。

是克琳希爾德。

克琳希爾德把王冠的碎片蒐集起來了。

沃倫不禁詢問：

「您為何沒有逃走？」

克琳希爾德雖然乖巧，卻也擁有「神力」與無敵的肉體。沒有了王冠的束縛，她認真起來就能輕易突破騎士的阻擋，逃離王宮。

「我畢竟是女王。我已經向姊姊發誓，不會逃避自己的職責。」

克琳希爾德注視手中的銀色碎片，用沉穩的音調回答：

「而且我應該也說過，我不認為你的惡行源自於惡意……」

理由不只如此。在尖塔發生的事也是很重要的因素。如果沒有看見他不忍對自己揮舞細刃匕首的模樣，克琳希爾德可能已經逃走了。

克琳希爾德向沃倫遞出自己蒐集的王冠碎片。

「請收下。雖然這對我來說是詛咒道具，對你來說卻是神聖的遺物吧？」

老臣曾經這麼說過。

克琳希爾德一直以為——

王冠能讓他隨意控制女王，對他有利，所以是神聖的遺物。

可是，克琳希爾德現在認為那句話或許有別的含意。

王冠遭到破壞的時候，沃倫第一次顯露出感情。那是憎恨的感情。

除非重要的東西被毀掉，否則一個人不會那麼憤怒。

「為什麼你把這頂王冠看得那麼重要呢？」

沃倫不談論自己的過去。自己的過去不值得談論。

沃倫從大衣裡取出一個皮革袋子，將接過的碎片倒進裡面，同時只說了這番話：

「我只是想聽見聲音。聽見戴上這頂王冠就能聽見的聲音。」

據說戴上王冠，就能聽見初代女王的聲音。

可是，沃倫就算戴上王冠也聽不見聲音。

這頂王冠終究是用來限制王室成員的物品，王室成員以外的人聽不見。

沃倫有個念頭。

希望能再度聽見那個聲音的念頭。

他的願望不會成真。因為聽不見的聲音就是聽不見。

而且即使聽不見，沃倫也會達成聲音的要求。

為王國獻身吧——

克琳希爾德對沃倫說：

「我不會讓你殺死姊姊。不過，我也不能斷定你的理想是錯的……即使如此，我還是必須決定要選擇哪一條道路——因為我是女王。」

克琳希爾德真心誠意地說：

「沃倫，你願意相信我嗎？」

「這是什麼意思？」

「我……打算向人民公開關於靈藥的事。這個國家恐怕會再次遭受病魔的威脅。不過，這已經是無可避免的情況了。我不認為等同於獻祭的儀式能夠永遠持續下去，正如同要求活祭品的惡龍最終也走向毀滅了。」

沃倫靜靜聆聽著。

「初代女王陛下已經逝世，我們再也無法以她在位時的方法來治理王國。我指的並不只是靈藥的製造。來自異國的威脅逐漸化為現實，社會也逐漸形成新的階級歧視。坦白承認自己做不到的事，難道不也是執政者的義務嗎？」

王冠被毀之後，克琳希爾德仍然沒有逃走，目的就是說出這番話。

沃倫持續守護女王創造的王國至今，應該是所謂的執政者。雖然手段十分殘忍，他也是為了王國人民而奉獻心力。克琳希爾德認為既然如此，就有可能藉著溝通來了解彼此，而嘗試溝通就是女王的職責。

「請你相信我……不，是相信我們。雖然我們應該無法建立像初代女王在位時那麼完美的王國，我保證會建立足以克服病魔的堅強國家。」

說到這裡，克琳希爾德嚇了一跳。

因為沃倫用冷酷的眼神看著克琳希爾德。他的眼神是澈澈底底的冰冷，讓下定決心訴說理念的克琳希爾德不禁退縮。

「您真愛說笑。」

將沃倫當作執政者看待，就是克琳希爾德犯下的錯誤。

「初代女王陛下已經逝世。正因為如此，剩下的人才有責任將初代女王陛下創造的理想

國度永遠延續下去。」

沃倫雖然是王國的守護者，卻絕非執政者。

沃倫的願望是守護初代女王的王國。

這一點看似為民著想的執政者，實際上完全不同。

沃倫抓住克琳希爾德的手臂。強烈的力道讓克琳希爾德發出短促的哀號。

「縱然王冠碎了，還是要請您配合。」

沃倫從大衣裡取出細刃匕首。下一個瞬間，刀刃貫穿了克琳希爾德的手腳。

「只要用這種刀刃插在您身上，不必依靠王冠的控制也能輕易約束您的行動。我會再為您戴上枷鎖，將您關在這個王座大廳。我會告訴騎士們您的身體狀況欠佳，因此要暫時閉關休養。這麼一來，命令騎士們的權力就仍然在身為攝政者的我手上。」

儘管克琳希爾德感到恐懼，仍舊正面注視著沃倫的雙眼。

「你真是一個悲哀的人。」

細刃匕首貫穿了喉嚨。

「這樣您就不會再多話了。」

沃倫一走出王座大廳，便將大廳上鎖，以免任何人進入。沃倫已經不要求克琳希爾德具備身為女王的能力。失去王冠的現在，他打算只讓克琳希爾德產下子嗣——也就是製造靈藥的材料——以監禁的方式讓她度過下半生。

沃倫該做的事情有兩件。

第一是逮到布倫希爾德。目的是殺死她，將她做成靈藥。

第二是逮到阿尼瑪。目的是奪走能殺死布倫希爾德的長槍。

必須命令所有騎士，開始搜索布倫希爾德與阿尼瑪。

沃倫本身也會參與搜索。現在沃倫最擔憂的狀況是布倫希爾德在龍隨從的幫助之下逃到國外。他必須儘快抓到她。

沃倫將克琳希爾德拖往深處。

「…………」

身為騎士團長的阿洛伊斯從暗處看見了這一幕。

載著布倫希爾德與阿尼瑪的琥珀之龍降落在遠離王宮的一座村莊。

這裡是非常偏僻的鄉下，騎士應該沒有辦法馬上追到這裡。

他們找了一個旅館的房間。布倫希爾德想讓昏過去的阿尼瑪好好休息，於是這麼提議。

阿尼瑪正躺在床上。房間裡只剩下兩個人，貝倫修坦出發去找衣服了。

經過大約一個小時，阿尼瑪睜開眼睛。

「為什麼……我還活著？我明明跳窗了……」

布倫希爾德開始說明跳窗之後發生的事。

「啊啊，沒錯。就是因為要救妳這傢伙，害我的人生規畫都毀了……」

「關於這一點，我真的很抱歉。你想怎麼抱怨我都沒關係。」

「既然這樣，我就不客氣地說了……」

阿尼瑪接著對布倫希爾德大吐各式各樣的苦水。

不過布倫希爾德沒有一點不悅的表情，聽著他抱怨。

阿尼瑪漸漸感到可疑，於是詢問布倫希爾德：

「為什麼妳可以忍受我說妳壞話？」

「因為我很高興啊。我很高興你說我是你的朋友……」

阿尼瑪紅了臉，一時語塞。

「儘管你有時候嘴巴很壞，內心深處卻把我當成朋友。所以，不管你說什麼，我都可以忍受。」

阿尼瑪用手摀住臉。

「妳這麼說……我不就說不出話來了嗎？」

阿尼瑪接下來陷入沉默的樣子，看在布倫希爾德的眼裡相當可愛。

過了一陣子，恢復平靜的阿尼瑪說：

「我問妳，我今後……該怎麼辦才好？」

阿尼瑪想回到普通的生活。

可是，他知道自己已經變成通緝犯了。

「因為我用長槍攻擊了沃倫……」

「不只是這樣。我想沃倫應該正在尋找你的長槍。既然我毀了克琳希爾德的王冠，他就很難再命令克琳希爾德來殺我。如此一來，能殺死我的道具只剩下魔槍了。」

聽到這番話，阿尼瑪陷入苦惱。情況比自己所想得還要糟糕。

「我只能逃到別的地方生活了嗎？」

「我不會讓那種事情發生。我保證會讓你回到普通的生活。」

「妳要怎麼做？」

「那還用說，當然是打倒沃倫了。」

打倒沃倫，或是剝奪他身為攝政者的地位。

這麼做就能讓阿尼瑪與布倫希爾德免於遭到追捕的命運。只要那個男人在王國還握有實權，布倫希爾德等人就沒有未來。

「……我認為他所追求的王國已經不可能實現了。現在正是我們該為王國想出一條新道

路的階段。」

這個想法與克琳希爾德相同。

阿尼瑪問了一個極其正經的問題：

「要怎麼打倒那傢伙？」

原本侃侃而談的布倫希爾德頓時陷入沉默。

阿尼瑪因此笑了。

「我們怎麼可能打倒那個怪物啊？」

「我想思考策略。給我一點時間……」

後來布倫希爾德等人在鄉下村莊停留了幾天。

不過，他們怎麼也想不出能打倒沃倫的作戰計畫。

布倫希爾德思考策略的期間，阿尼瑪都在進行戰鬥訓練。

他並不認為自己能在一朝一夕之間變強。然而，他想做好自己能做的事。至少也要強得不至於扯魔槍的後腿。

貝倫修坦發現他到了深夜還在練習揮舞長槍。

貝倫修坦向阿尼瑪搭話：

「你真勤奮。不過，你一個人拚命揮舞長槍，在戰鬥中也派不上用場。」

「少囉嗦。」

阿尼瑪繼續揮舞長槍，同時回答：

「能做什麼就要盡全力去做。因為這是我唯一能做的事。」

貝倫修坦淡淡地笑著說：

「年輕真好。」

他的語調裡並沒有嘲笑年輕人的意思，反而混合著一點羨慕的情緒。

「我來幫你吧。」

貝倫修坦變身為龍，站到阿尼瑪面前。

阿尼瑪因此畏縮了。雖然琥珀之龍是體高只有兩公尺左右的小型龍，仍然具備十足的壓迫感。

琥珀之龍瞪著阿尼瑪。就算是聽不懂「龍之言靈」的阿尼瑪，也能明白他在說什麼。

「如果連面對我都會退縮，想勝過沃倫簡直是痴人說夢。」

他這麼說。

阿尼瑪揮舞長槍，開始與貝倫修坦進行模擬戰。

期限終究還是來臨了。

在布倫希爾德想出策略之前，王國的騎士們就已經來到這個偏僻的鄉下。

王國的騎士們很優秀，比布倫希爾德預計得更早查出他們的行蹤。

率領總共十二名騎士的人，是名叫阿洛伊斯的騎士團長。他是個留著氣派鬍鬚的初老男性，腰上掛著一把老舊的雙刃劍。

騎士團長等人在夜晚來到村莊。

十二名騎士快速地包圍布倫希爾德等人住宿的旅館，目的是絕不讓他們逃走。

發現我方遭到包圍的人是阿尼瑪。

他立刻叫醒布倫希爾德與貝倫修坦，悄悄對他們說：

「我們被包圍了。而且對方是相當強的騎士。」

阿尼瑪對包圍旅館的騎士身上的鎧甲有印象。那是騎士團之中特別出類拔萃的十二騎士所穿的鎧甲。

布倫希爾德從窗戶往外窺探，看見手拿弓箭的騎士。

「他們好像覺得我們會用飛的方式逃走。」

「我們應該那麼做。我能載著你們兩個人飛行。」

「不，我們不能用飛的。」

「為什麼？」

「如果只有我跟你，就可以用飛的方式逃走。你具有龍的再生能力，我也有不死的肉體。可是，萬一阿尼瑪被射中就完蛋了。」

阿尼瑪露出尷尬的表情說：「抱歉……」

「你別道歉。你已經幫過我好幾次了……而且，有件事讓我很在意。」

「唔嗯？」

布倫希爾德注視著窗外騎士的臉說：

「我想試試正面突破。」

「包圍完畢。」

旅館外的年輕騎士向騎士團長報告。騎士團長手下的十二人之中，有十個人在附近站崗，以免布倫希爾德逃走。剩下的兩人跟騎士團長一起從正門進入旅館。

騎士團長嚴肅地點了點頭。

「那麼，我們走。」

「是！」

騎士團長阿洛伊斯正要踏進旅館的時候，有人從旅館裡走出來。

「布倫希爾德大人……！」

布倫希爾德從正門走了出來。

她的右手已經纏繞著雷霆，面對騎士團長阿洛伊斯。

「團長！」

騎士們大叫。

布倫希爾德放出雷霆。阿洛伊斯連反擊的時間都沒有。

不，阿洛伊斯刻意不反擊。

他沒有拔劍，反而跪在公主面前。

放出的雷霆灼燒了阿洛伊斯腳邊的地面。布倫希爾德打從一開始就沒有瞄準阿洛伊斯。

布倫希爾德對跪著的阿洛伊斯說：「……我剛才在測試你。」

「我從窗戶看見你們的時候就覺得很奇怪。在我看來，你們明明是來抓人的，卻沒有什麼敵意。為了確認這一點，我才會試著發射雷霆……這樣一來就能確定了。你們不是來戰鬥的吧？」

「公主真是慧眼獨具。」

阿洛伊斯跪在布倫希爾德面前說。後方的騎士也仿效團長跪了下來。

「我們接到沃倫大人的命令，前來追捕公主殿下，可是我們無意聽命。我們再也不願意追隨那個男人了。」

阿洛伊斯好歹也是騎士團長，一眼就能看出布倫希爾德放出的雷霆並不帶有敵意。不過，即使布倫希爾德打算燒死他，他也會毫無防備地跪下。

「騎士團長是這個國家最光榮的職位，難道你打算反叛王宮嗎？」

「……直到今天為止，我始終對沃倫大人的行為視而不見。不論是歷代女王陛下被當成靈藥的材料，還是前任女王陛下的遺體遭到玩弄的事，我都知道。我認為這是為了王國好而隱瞞，卻也清楚明白我們的罪孽有多麼深重。在場的所有人都已經作好覺悟，願意接受應得的懲罰。」

布倫希爾德的聲音很冷淡。

「你們事到如今才改邪歸正嗎？」

「請恕我直言，正是如此。因為我見識到現任女王陛下——克琳希爾德大人的慈悲。」

騎士團長從暗處看見了克琳希爾德將王冠的碎片蒐集起來，交給沃倫的模樣。

「克琳希爾德大人即使沒有了王冠的束縛，仍然選擇面對沃倫大人。她得知沃倫大人的……不，得知我們的惡行之後，依然決定原諒。」

「她沒有逃走嗎……」

布倫希爾德無意責備克琳希爾德。這很像是善良的她會做的事。

「看見她對沃倫大人談論未來的模樣……連我都覺得自己的心靈受到了洗滌，彷彿連自己的罪過都已經得到原諒。可是那個老臣……對克琳希爾德大人刀劍相向，還將她監禁在王座大廳。雖然我是個不忠之人，倘若還有義……我認為幫助女王陛下是唯一的方法，因此才會趕來此地。」

「你希望我做什麼？」

「請您助我們一臂之力。沃倫大人是一位極其強大的男人。不過，我所率領的十二名部下都是大名鼎鼎的騎士。在我所培育的後進之中，他們都是菁英。只要所有人同心協力，應該就至少能夠阻擋沃倫。請您趁機救出克琳希爾德大人，逃到國外。」

布倫希爾德的眼睛能看穿謊言，所以她知道這個騎士團長說的是實話。看來他並不是想要欺騙並抓住布倫希爾德。

然而，布倫希爾德內心的感受很複雜。

「老實說，我不太喜歡你們。因為你們以前都對我妹妹的痛苦視而不見。」

「我們無意辯解。」

「既然你們打算悔改，從現在開始，你們的命就是屬於我的了。你們要聽從我的命令。我會救出我妹妹，但我們不會逃走。我要打倒沃倫，跟妹妹一起奪回王國。」

「請恕我直言。」

阿洛伊斯沒有抬頭繼續說：

「沃倫是一名實力深不可測的男人。在場的騎士各個都是我苦心培養的菁英，可是即使我們團結一致，恐怕也無法戰勝沃倫。他的武藝自然不在話下，據說他甚至能用某種手段操控龍……」

「那麼，我這個屠龍公主會幫助你們。」

「公主殿下親自踏上戰場，實在太危險了……」

「我不准你們頂嘴。你們的命已經是我的東西了。」

阿洛伊斯一瞬間語塞，不過又立刻回答：

「一切如您所願。」

「明天晚上，我們要夜襲沃倫。我很期待各位的表現。」

「是！」

對於正要離去的騎士們，布倫希爾德有些猶豫地說：

「……我姑且道個謝吧。謝謝你們願意為我妹妹站出來。」

「您言重了。」

這天夜晚，騎士們也停留在村莊。

他們預計等到天亮可以騎馬以後，跟布倫希爾德等人一起返回王都。

布倫希爾德回到房間裡，向貝倫修坦與阿尼瑪轉達自己跟騎士的對話。不過貝倫修坦正好不在，所以她先跟阿尼瑪說了。

「我和貝倫修坦要跟騎士團聯手打倒沃倫，你就在城鎮等我們的消息吧。」

阿尼瑪擺出有點生氣的神情。

「為什麼只有我要待命？」

「我不想再給你添更多麻煩。那些騎士都是高手，跟他們一起行動一定能勝過沃倫。」

「我也要跟妳一起去。妳這個女生都要冒險了，我不去就太遜了吧？」

「這跟是男是女沒有關係。你就乖乖等著吧，沒必要主動干預危險的事。」

「真囉嗦……我就說我要去了。」

「我不想把你牽扯進來。」

「啊啊，真是夠了……」

阿尼瑪煩躁地猛抓自己的頭髮。

「不要現在才說什麼牽扯不牽扯。我早就已經被妳牽扯進來，再也沒辦法回頭了。事到如今，我也不可能把妳當成陌生人……」

「可是，因為我很擔心你……」

「我也會擔心妳啊。」

兩人注視著彼此的眼睛。聽見出乎意料的話，布倫希爾德不禁語塞，用貓一般的圓眼睛看著阿尼瑪。阿尼瑪感覺到自己的心跳正在加速。

籠罩四周的沉默屬於相當令人害臊的類型。

「總之，就是這樣……」

阿尼瑪搔著稍微泛紅的臉頰說：

「可能是我杞人憂天吧。我也知道那些騎士強得不得了。因為直屬於團長的十二騎士很有名。沃倫再怎麼厲害也打不過他們。」

「嗯，我的眼睛也看得出他們是實力非常高強的人。」

「是啊。所以，雖然我不必那麼擔心妳……還是可能有萬一嘛。」

「好吧，那我就恭敬不如從命了。請你護衛我，以防萬一。」

「真拿妳沒辦法……」

布倫希爾德正眼注視著阿尼瑪說：

「謝謝你。」

「吵死了。不要正眼對我說些令人害臊的話，妳是小鬼頭嗎？」

「我只是覺得不應該辜負你的心意。」

「……這個話題到此為止。」

阿尼瑪覺得再繼續談下去，情況會變得對自己不利。

「好吧。那麼，雖然距離天亮只剩沒多少時間了，你還是要好好休息。」

布倫希爾德正要走出房間的時候，阿尼瑪叫住了她。

「等一下。」

「嗯？」

布倫希爾德回過頭。

「我有件事一定要搞清楚。」

阿尼瑪停頓了一陣子才開口說：

「關於沃倫想守護的東西，妳是怎麼想的？」

布倫希爾德垂下眼睛陷入沉思。

「你指的……應該是靈藥的事吧？」

「沒錯。」

要讓布倫希爾德得救，然後救出克琳希爾德，甚至讓齊格菲家脫離悲哀的宿命。

都必須打倒沃倫這個男人。

然而這麼做等同於讓王國失去「生命靈藥」。

「我覺得沃倫那傢伙想保護的是昔日的王國，也就是這個王國最巔峰的的狀態。雖然做法不對，就結果而言確實救了許多人。」

阿尼瑪了解生病的痛苦。

正因為如此，他對於讓王國失去靈藥的事有所迷惘。

「告訴我，妳想打倒沃倫，到底是基於什麼理念？」

阿尼瑪繼續說：

「拜託妳說服我吧……」

布倫希爾德抱起雙臂，思考一陣子後回答：

「我沒有什麼了不起的理念。」

布倫希爾德接著又說：

「我不想死。不管怎麼說，這都是首要理由。我也不想被做成靈藥。我很在乎克琳希爾德，也想讓我或妹妹的子孫脫離悲慘的命運……而且，我本來就不贊同沃倫的想法。」

「不贊同他想維持昔日的王國嗎？」

「嗯。因為這個世界不可能什麼都不改變。」

布倫希爾德毫不猶豫地斷言。

「世界上沒有什麼是永遠的。現在這個瞬間，一切也都在不斷改變。不論是王國、我、

你，還是沃倫都一樣。我認為我們不應該害怕改變，而是接受改變，並且思考今後該怎麼做，才是最重要的。」

沃倫再怎麼努力，王國都會慢慢失去昔日的光彩。這是無可動搖的事實。

「既然不可能不變，我就要往前邁進。」

布倫希爾德面帶苦笑看著阿尼瑪。

「如何？我已經用我最大的誠意回答了。」

「不行，看來妳確實沒有什麼了不起的理念。」

「真傷腦筋……」

阿尼瑪先嘆了一口氣，然後說：

「我應該會去當診所醫生吧。」

「嗯？」

「我是說沒有靈藥之後的事。這個國家已經幾乎沒有醫生存在了。既然這樣，以後就會需要醫生吧？」

「我說服你了嗎？」

「算是吧……老實說，只要能推我一把，妳怎麼回答都無所謂。因為我別無選擇。」

除非打倒沃倫，否則阿尼瑪本身也沒有未來。

「虧我還這麼認真回答，你還真過分。」

布倫希爾德露出苦笑。

「如果你要當診所醫生，我就當寶石商人好了。」

布倫希爾德的眼神閃閃發光。

「我有一件想做的事。我想把整個王國的龍都變回人類。」

布倫希爾德的腦中想著琥珀之龍。有些龍也跟他一樣，被封印在這個王國的地下室或高塔中。布倫希爾德刻下咒文的寶石可以讓他們變回人類。

「變回人類之後應該也會很辛苦吧。以前是龍的人可能會受到迫害。」

「我也會消滅那種偏見。龍這種生物其實並不可怕。」

訴說夢想的布倫希爾德變得越來越熱情。

「我會先邀請王國之外的龍，跟他們進行交流。你聽了可別嚇到，我總有一天要把居住在樂園伊甸的龍帶來這裡。他們是很高尚的生物，人們一定會因此對龍刮目相看。我的目標是將這裡變成人與龍的理想國度。」

原本忍著笑意聆聽的阿尼瑪終於受不了，放聲笑了出來。

「樂園伊甸？龍與人的理想國度？妳也太會作夢了吧？」

「不試試看怎麼知道呢？」

阿尼瑪愉快地笑著說：

「確實沒錯。妳夢想的未來還不賴。因為很好笑。」

「不准笑，我可是認真的。幾百年以後，這個王國會變成人與龍可以和樂融融地住在一起的地方。」

在門的另一頭，有個男人聽著兩人的對話。

那個人是貝倫修坦。他剛才獨自跟騎士們討論，努力掌握狀況。當他返回房間的時候，聽見兩人聊得很熱絡的聲音，因此忍不住停下來偷聽。

兩人還在談論王國的未來與夢想。貝倫修坦覺得從背後傳來的聲音非常悅耳。有這樣的年輕人存在，王國的未來想必一片光明。

他們談論的夢想是否會實現，並不是什麼大問題。他們的活力應該能鼓舞王國。

「只不過……」

貝倫修坦笑著，用只有自己聽得見的音量低語：

「阿尼瑪啊，那個女人可是我先看上的。」

見到兩人融洽交談的模樣，他的心中燃起了小小的嫉妒之火。雖然他以龍的模樣活過漫長的歲月，似乎還是逃不過人的本性。

貝倫修坦從窗戶仰望夜空。與他的眼睛擁有相同色澤的月亮閃著美麗的光輝。

就連嫉妒的煩躁感，都莫名令人舒暢。這份感情一定來自於他所愛之人的愚蠢與可愛。

隔天，布倫希爾德等人與騎士團一起返回王都。由於他們受到騎士團長的庇護，已經不再受到騎士的追捕。

布倫希爾德等人在旅館等待月亮升起。預定計畫是在換日的同時發動夜襲。

布倫希爾德等人等待的期間，阿洛伊斯在王宮支開閒雜人等。準備工作進行得很順利，這麼一來就沒有人會妨礙暗殺沃倫的行動了。

時間來到下手暗殺的十分鐘前。

阿洛伊斯前往王宮大廳。

他與布倫希爾德等人約好在這裡會合。

布倫希爾德等人會在十分鐘後抵達，但他交代十二名騎士在五分鐘後集合。雖說是暗殺行動，依舊不能讓公主等待。

大廳是一片黑暗。或許是閒雜人等都離開了，不過連王宮的燈光都熄滅是很稀奇的事。

至少有月光也好，原本應該從窗外灑落的月光被厚重的雲層阻擋了。

（點個燈吧。）

照這個情況看來，就算集合也認不出誰是誰。

阿洛伊斯正要靠近燈具。

喀嘰，喀嘰，喀嘰。

阿洛伊斯穿著鎧甲的腳步聲在黑暗的大廳中顯得特別響亮。

忽然間——

他感覺到人的氣息。

「是誰！」

阿洛伊斯緊張地回頭面對氣息傳來的方向。

一個高大的人影出現在那裡。

因為沒有月光的關係，影子看起來一片漆黑。

可是從體型就能看出那是誰。

「沃倫大人……」

人影回應了。

「阿洛伊斯。」

阿洛伊斯是長年擔任騎士團長的男人。

他的實力絕對不容小覷。所以，他立刻明白了。

（計畫曝光了嗎……）

若非如此，暗殺對象不可能在動手的前一刻出現。

曝光的理由有各式各樣的可能。或許是沃倫的手下向他報告了阿洛伊斯的可疑舉動，也有可能是因為阿洛伊斯這陣子為了與布倫希爾德接觸而採取大膽的行動，被沃倫本身察覺了。又或者是阿洛伊斯目擊沃倫刺傷克琳希爾德的時候，沃倫就已經注意到他。那個時候，阿洛伊斯不禁對沃倫露出抱有明確敵意的表情。

人影開口說：

「阿洛伊斯，你對培育後進很有熱誠，有多達十二名弟子。」

「是，為了騎士團的未來，我必須培育後進。」

阿洛伊斯配合對方的話題，想儘量拉長這段對話。

自己一個人不可能勝過沃倫。

所以，他要等待夥伴。

再過不久，夥伴們就會來到這座大廳。

五分鐘。只要等待五分鐘，自己苦心培育的十二名騎士就會來到這裡。

當他們齊聚一堂，好歹也能與這個如怪物般強大的老兵互相抗衡。

然後再撐五分鐘，布倫希爾德等人就會抵達。

他們有勝算。

所以，現在必須儘量爭取時間。

人影彷彿沒有注意到阿洛伊斯的意圖繼續說：

「我沒有培育後進。雖然我只不過是個天才……沒有人能跟得上區區的天才。到頭來，全部由我一手包辦還比較快。」

「哈哈。」

阿洛伊斯笑了。

「如此天賦之才，真令人羨慕。」

人影看似有些煩躁，阿洛伊斯提高警戒。

自己說錯話了嗎？

不過，人影繼續說了下去：

「考量到王國的未來，我沒有一天不後悔自己沒有在這十年內培育後進。不過值得高興的是，我前幾天終於找到一名適合成為我繼承人的少年。他不只是擁有優秀的武器。雖然本人沒有察覺，他具有練武的才能。最重要的是血統純正。他是為了守護王國而生的人。」

「那真是太好了。」

這個時候，窗外的雲移動了。

藍白色的月光從雲層的縫隙間灑落。

這道光讓阿洛伊斯稍微鬆懈了。光芒照射到陰暗的大廳，使得他的精神因此鬆懈。單是在黑暗中看見光芒，就能讓人感到安心。

月光照亮了人影。

「你知道我想說什麼嗎？」

人影身上的大衣顏色逐漸明朗。

「如果要培育後進，在人才的挑選上最好不要妥協。」

沃倫的大衣是一片鮮紅。

阿洛伊斯知道他所穿的大衣原本是暗夜般的黑色。

既然如此，這身紅色大衣意味著什麼呢？

阿洛伊斯的喉嚨逐漸乾涸。

回過神來，五分鐘已經過去了。

增援不會來了。永遠不會。

因為人影早已將十二人趕盡殺絕。

他找出騎士中最大意的人，用拷問的方式一一逼出敵人並殺掉。

阿洛伊斯拔劍大叫：

「布倫希爾德大人！不可以過來！」

布倫希爾德等人還要再過五分鐘才會抵達。

只要有五分鐘，人影就有充足的時間能殺死阿洛伊斯。

飛濺的鮮血濡溼華美的王宮。

布倫希爾德等人準時騎著琥珀之龍前往王宮。

接近王宮時，琥珀之龍察覺到異狀。

『我聽見大廳有打鬥的聲音。雖然很微弱。』

龍的聽覺比人類更敏銳。

『難道已經開戰了……？快點過去，我們要加入戰局。』

布倫希爾德指著大廳的窗戶。琥珀之龍有如一支箭矢衝向裡頭。

玻璃窗支離破碎，發出一陣尖叫般的聲音。布倫希爾德等人翻滾到大廳裡。

大廳裡看似鋪著紅色的地毯。

然而並非如此。

布倫希爾德發現自己的衣服沾上了紅色的汙漬。

是血。

大廳已化為一片血海。

阿洛伊斯倒在地面。

「阿洛伊……斯……」

正要飛奔過去的布倫希爾德停下腳步。

因為她發現倒地的阿洛伊斯沒有頭。

在月光的照耀之下，沃倫站在一旁。

他的左手拿著沾血的細刃匕首。

右手抓著阿洛伊斯的頭。

沃倫抓著阿洛伊斯的頭髮，提著他的頭。阿洛伊斯的表情鬆弛得很呆滯。

見到騎士團長的死亡，布倫希爾德馬上明白騎士團已經全軍覆沒。

阿尼瑪恐懼得打哆嗦。

「不會吧……騎士團長竟然……」

老鷹般的眼睛俯視著布倫希爾德。

「就是因為輕易依賴夥伴，才會有這種下場。」

在這個狀況下，只剩戰鬥一途。

布倫希爾德用凝聚雷霆的動作代替回答。

應該說試圖凝聚。

然而沃倫的動作更快。

早在雷霆的發射準備完成之前，他便踏出步伐。

琥珀之龍與阿尼瑪也隨之採取行動。

沃倫朝阿尼瑪擲出阿洛伊斯的頭。成年男性的頭很重。他想用頭擊中阿尼瑪的心窩，將對方打昏。

阿尼瑪沒想到人頭會被當作武器使用，一時反應不過來。

所以，阿尼瑪的長槍代替他作出反應，不過動作還是慢了一拍。因為見到朝自己飛來的詭異人頭，阿尼瑪的身體不禁僵硬。

即使如此，長槍仍然勉強動了起來。

長槍將阿洛伊斯的頭一刀兩斷。這麼做並不恰當。其實應該將頭擊落才對，但僵硬的身體成了阻礙。頭部一分為二，右半邊往阿尼瑪的後方飛去，左半邊則擊中阿尼瑪的腹部。

「唔……」

即使重量被削減為一半，人頭的威力依然很強，阿尼瑪因此蹲坐在地。

保護布倫希爾德的壁壘只剩下琥珀之龍了。

琥珀之龍站到沃倫面前，護著布倫希爾德。

老兵開始處理琥珀之龍。龍挺身而出保護公主正合他的意。沃倫認為三人之中，龍是最大的威脅。龍體格高大，力量也很強勁。沃倫再怎麼善於屠龍，單比力氣也不是龍的對手。為了避免必須靠蠻力決勝負的狀況，他想儘早擊倒這頭龍。

沃倫躲開龍牙，試圖用細刃匕首刺穿龍的心臟，琥珀之龍用手擋住了這一擊。劍尖巧妙地刺進鱗片的縫隙，將他的手貫穿。沃倫拔出三把新的細刃匕首投擲出去，這些武器貫穿了龍的手腳。就像上次的戰鬥一樣，龍被劍封鎖了行動，一連串的攻擊有如行雲流水。

沃倫開始對付最後留下的布倫希爾德。從倒地的龍後方現身的布倫希爾德已經放出雷霆，她在沃倫與龍戰鬥的期間凝聚的光之箭逼近到沃倫眼前。不過，縱然是在如此接近的距離之下，他依然能輕易躲開。

可是唯有這個瞬間，他辦不到。

沃倫在心中咂嘴。

（阿洛伊斯……你這個騎士團長確實不是當假的。）

沃倫的右腳受了不淺的刺傷。

阿洛伊斯與沃倫之間的實力有著天壤之別，本來阿洛伊斯就連傷到沃倫都辦不到。不過，前提是阿洛伊斯對自己的性命還有執著。

如果是抱著同歸於盡的決心，情況就不同了。

騎士團長在最後的瞬間，放棄了自己的生命。為了讓布倫希爾德等人獲勝，他選擇捨身

傷害沃倫，就算只有一點點也好。沃倫錯估騎士的決心，所以他的腳才會受傷。
因為腳傷的關係，身體無法隨心所欲地活動。
他躲不掉雷霆。
一陣刺耳的聲音響起，大廳被白光照亮。
雷霆直接擊中了沃倫。
布倫希爾德小聲歡呼：「成功了……！」
於是布倫希爾德獲勝了。
本來應該如此。
光之箭並沒有觸及沃倫的身體，而是擊中他的左手，然後煙消雲散。
「怎麼可能……」
沃倫用長袖大衣包裹的左手擋下了雷霆。這是不可能的。世界上怎麼會有能防禦神之雷的大衣……
布倫希爾德等人並不知道，沃倫穿的不是普通的大衣。這是他以屠龍者的身分戰鬥時就經常穿著的衣服，使用棲息在異國的一種魔羊——海德倫的毛所製成，具有超越高級鎧甲的耐久度。雷霆因為海德倫的毛，威力幾乎都被抵消了。
沃倫看準布倫希爾德的破綻，趁機反擊。他用完好的右手拔出細刃匕首，朝布倫希爾德投擲而去。

刺穿皮肉的聲音響起。

「唔……」

細刃匕首貫穿布倫希爾德的右肩，沃倫因此咬牙切齒。

（我明明瞄準了頭部。）

只要貫穿頭部，擁有無敵肉體的布倫希爾德也會短暫昏迷。能夠準確投擲細刃匕首的沃倫射偏的理由只有一個，那就是使用非慣用手的右手來投擲。

雖然沃倫擋下了光之箭，絕非毫髮無傷。儘管箭並沒有觸及身體，擋住箭的左手卻連同大衣一起燒焦，再也派不上用場。而沃倫正是左撇子。

沃倫接近肩膀被刺傷的布倫希爾德。就算是用非慣用手的右手來攻擊，只要靠近就不會打偏。他選擇不投擲，而是直接刺穿布倫希爾德。

看到逼近的沃倫，布倫希爾德在內心竊笑。

（很好，就是這樣。）

沃倫的劍應該會貫穿自己。不過這樣就好。雖然自己的身體會痛，卻是無敵的。沃倫攻擊自己的期間，阿尼瑪的魔槍會刺穿沃倫，那樣一來就能在這場戰鬥中獲勝。

布倫希爾德往旁邊一瞥，看見挺過人頭攻擊的阿尼瑪正要朝自己的方向跑過來。

布倫希爾德閉上眼睛，準備迎接細刃匕首帶來的痛楚。就算肉體是無敵的，她也無法習慣疼痛。

然而該來的痛楚遲遲沒有出現。

金屬互相撞擊的高亢聲響讓她睜開眼睛。

「什麼……！」

她萬萬沒想到。

阿尼瑪用魔槍替自己擋住了攻擊。布倫希爾德忍不住大罵：

「笨蛋！你……」

阿尼瑪也大吼：

「吵死了！抱歉……！」

阿尼瑪也很清楚，如果自己剛才是攻擊沃倫，就能獲勝了。可是，看到布倫希爾德被細刃匕首貫穿右肩而哀號的樣子，他改變了想法。不，與其說是想法，稱之為感情或許比較正確。看見沃倫的細刃匕首發動追擊的樣子，身體便擅自動了起來。不想看見布倫希爾德受傷的感情超越了邏輯思考，促使阿尼瑪採取行動。這是將布倫希爾德當作朋友所帶來的後果。

魔槍彈開細刃匕首，使得沃倫後退幾步。

沃倫瞪著布倫希爾德等人，布倫希爾德等人也回瞪沃倫。

大廳的戰鬥短暫陷入膠著狀態。

阿尼瑪先邁出步伐，沃倫準備接招。劍與長槍互相碰撞。

沃倫一度跟這把魔槍戰鬥過。那個時候他以出類拔萃的戰鬥天分，幾乎看透了魔槍的攻擊模式。他大致可以猜到魔槍會使出什麼樣的攻擊。

儘管如此，沃倫仍然沒辦法擊倒阿尼瑪。雖然阿尼瑪本身也透過與琥珀之龍進行模擬戰的經驗而稍微習慣了戰鬥，最大的因素還是手與腳的傷勢。被砍傷的右腳和燒傷的左手感到疼痛，擾亂了沃倫的專注力。右手沒辦法隨心所欲地活動讓他很焦燥。

不過阿尼瑪也同樣焦躁。就算只有單手，沃倫也能應付阿尼瑪的攻擊，長槍始終無法觸及沃倫。

兩人的攻防不分軒輊。能改變狀況的人只剩下布倫希爾德。

布倫希爾德很想用雷霆射擊沃倫。可是看著激烈交戰的兩人，她遲遲無法動手。因為有可能會誤傷阿尼瑪。話雖如此，布倫希爾德也不具備近身搏鬥的能力。

「唔……」

對於持續找尋機會的布倫希爾德，有聲音從背後傳來。

『布倫希爾德，把束縛我的劍拔出來。』

呼喚她的是琥珀之龍。布倫希爾德回過神來奔向琥珀之龍，然後開始拔劍。只要琥珀之

龍恢復行動力，就能分出勝負。

布倫希爾德一一拔出劍。

刀劍對打的聲音從背後傳來。阿尼瑪正在爭取時間。

就在該拔的劍只剩下一把的時候——

布倫希爾德的頭部感受到強烈的衝擊。她的身體失去自由，逐漸倒下。布倫希爾德在模糊的意識中看見自己的額頭有刀刃刺了出來，就像一支角似的。沃倫擲出的細刃匕首貫穿了她的頭。

「他是怎麼……」

沃倫明明正在跟阿尼瑪戰鬥，應該無法對自己出手才對。

布倫希爾德轉頭一看，發現沃倫犧牲無法動彈的左手擋住了魔槍。他刻意讓魔槍貫穿自己的左手，封鎖了敵人的行動。然後他趁著這個破綻，朝布倫希爾德投擲細刃匕首。

倒下的布倫希爾德不斷掙扎著，試圖拔出插在頭上的劍。可是她辦不到。因為大腦被貫穿了。

「你這傢伙……！」

阿尼瑪的攻擊開始帶有怒氣，不過這樣反而讓情況更糟糕。

單調的攻擊會被沃倫輕易看穿。

沃倫也差不多開始習慣用右手戰鬥了。

「你還太嫩了。」

沃倫輕而易舉地躲開魔槍的攻擊。

錯身而過的同時，細刃匕首貫穿了阿尼瑪的身體。

阿尼瑪因此變得動彈不得。他既沒有布倫希爾德那樣的無敵肉體，也沒有龍一般的強韌體魄。

細刃匕首貫穿了他的腹部，灼燒般的痛楚奪走他的戰意。

「好痛……可惡……」

阿尼瑪跪在地上，血泊逐漸擴散。沃倫俯視著他說：

「你就在這裡看著吧。一切都結束後，我會用靈藥治好你。」

魔槍被奪走了。

堅硬的腳步聲離布倫希爾德越來越近。

沃倫拿著長槍走向布倫希爾德。

感覺到死亡的氣息，布倫希爾德拚命掙扎，想要拔出頭上的劍。但是來不及了。她還需要一點時間，才能將劍完全拔出。

可是——

有人保護了布倫希爾德。

是琥珀之龍。

他拔出束縛自己的最後一把劍，阻擋到沃倫面前。

在地上扭動的布倫希爾德脫口說：「不行……」

老兵是手持魔槍的屠龍者。龍在他面前簡直不堪一擊。

沃倫看著龍不屑地說：

「骯髒的龍也想模仿忠臣嗎？」

『沒錯。在這個女孩面前，我都會模仿高尚的龍。』

雖然人類聽不見「龍之言靈」，龍依然回答。

既然如此，這想必是為了在心上人面前耍帥而說的臺詞。

一人與一龍同時採取行動。

一面倒的戰況甚至稱不上打鬥。

魔槍貫穿了龍的心臟。龍甚至沒有表現出防禦的舉動。

相對地，龍用擁抱的動作抓住沃倫。

最後的瞬間，琥珀之龍心想——

這還真是諷刺。

數十年前，自己被初代女王救了一命。當時還是少年的沃倫正要殺死他的時候，救了他的人就是初代女王。他被軟禁在學院的地下室，就算感受到強烈的孤獨也沒有考慮自殺，就是因為想珍惜當時獲救的這條命。

然而，看來自己終究還是會被當時的屠龍者殺死。

琥珀之龍用力抱緊沃倫。

沃倫以為他想將自己勒死。

不過他似乎辦不到。

心臟受損的龍沒有那麼大的力量。幾秒後，他就會喪命。

沃倫只要等待那個時刻來臨就好。

忽然間——

沃倫感覺到胸口傳來一陣痛楚。

那是微小、安靜，卻銳利的痛楚。

他低頭一看。

一把劍刺進了自己的胸口。那把劍出現在不可能出現的位置。

從琥珀之龍的胸口穿刺出來。

龍的另一頭傳來啜泣的聲音。

『對不起。』

這聲「龍之言靈」正在顫抖。

可是現場已經沒有人能聽見這句話。

布倫希爾德從癱倒的龍背後出現。

「那把劍是……」

將自己頭上的劍拔掉的布倫希爾德使用治癒細劍，連同龍一起刺穿了沃倫。這把細劍能驅魔，就算是受魔羊之力守護的大衣，也能直接貫穿。

琥珀之龍撲向沃倫之前，用「龍之言靈」對布倫希爾德這麼說：

『連我一起刺穿他吧。』

這是龍與公主的最後一場密談。想要讓沃倫意想不到，只有這個方法。

布倫希爾德很不願意。

她不想做出這種事。琥珀之龍應該也感受到布倫希爾德的心情。

儘管如此，琥珀之龍並沒有退讓。

對曾經活過古老時代的這頭龍來說，有一件事絕對不可原諒。

那就是老人殺死小孩。

所以自己要保護她。保護小孩是大人的責任。

於是龍挺身而出，保護布倫希爾德，封鎖了沃倫的行動。

看見龍的心臟被沃倫刺穿的時候，布倫希爾德想通了。自己絕對不能讓他的犧牲白費。所以，她才會拔出妹妹贈送的細劍。

「…………」

沃倫後退了兩三步。

開在胸口的小洞滲出血液。

他用手按住胸口，手掌便感覺到血的溫度。手掌漸漸被染成一片鮮紅。

守護生命的刀刃這一刺，造成了致命傷。

這或許是詛咒的一擊。沃倫覺得那把刀刃上彷彿重疊著層層怨念，來自自己一直以來利用的女王們。

他沒有手段能夠重新振作。

即使沃倫是屠龍天才，是身經百戰的老兵。

他的身體構造依然與一般人無異，胸口被刺傷就無法再行動。

沃倫自嘲：

「這樣啊，這就是天才的極限吧。」

沃倫的身體再也無法動彈。他已經無力再戰。

所以，沃倫只好採取最終手段。

他從大衣取出一片白色龍鱗。

沃倫將鱗片放進嘴裡，身體便瞬間開始膨脹。

龍的強烈生命力漸漸治癒致命傷。

蹲坐在地的阿尼瑪發出小聲的驚叫。

王國的守護者變成了一頭惡龍。他的體型大得足以塞滿整座大廳。

惡龍露出獠牙襲向布倫希爾德。

布倫希爾德正面注視著惡龍。

她絲毫不膽怯。

她對龍舉起右手，手指之間爆出閃光。

『想對付我，變成龍（這招）是行不通的。』

屠龍公主放出雷霆。

陰暗的大廳頓時如白天般明亮。

雷火灼燒了龍。

龍因此倒地，震撼整座大廳。這次他真的再也動不了了。

布倫希爾德將自己攜帶的「生命靈藥」滴在阿尼瑪的傷口上，只要幾滴就能治好阿尼瑪的傷口。大約過了十分鐘，他就痊癒了。

布倫希爾德接著也將靈藥滴在琥珀之龍的傷口上。然而不管滴上多少靈藥，琥珀之龍始終一動也不動。即使有靈藥，死亡也是唯一無法克服的問題。

布倫希爾德抱著龍的脖子，垂下眼睛靜靜流淚。

「直到最後一刻，我都老是在依賴你。」

布倫希爾德親吻了龍。他的嘴巴已經不會再說出玩笑話。嘴裡有死亡的味道正在擴散，讓布倫希爾德感到非常悲傷。

可是現在沒有時間沉浸在感傷中了。布倫希爾德留下龍的遺體前往王座大廳。她用雷霆破壞門鎖後進入裡面，便找到被劍限制行動的克琳希爾德。

布倫希爾德靠近克琳希爾德，拔掉刺在她身上的劍。重獲自由的克琳希爾德抱住布倫希爾德。

「啊啊，姊姊……妳真的平安來到這裡了……」

布倫希爾德撫著妹妹的頭髮說：

「抱歉我來晚了。妳一定很難受吧？」

分享重逢的喜悅之後，克琳希爾德問她：

「沃倫怎麼樣了呢？」

姊妹兩人回到大廳。

沃倫靠著大廳的牆壁坐在地上。

他已經從龍變回人的模樣。他所吞下的鱗片是特製的，吞食之後經過一定的時間就能變回人形。

遍體鱗傷的沃倫仰望姊妹。

雖然他已經無法動彈，卻還有呼吸。

布倫希爾德請阿尼瑪幫忙，將沃倫緊緊綁了起來。

俯視沃倫的布倫希爾德用憤恨不平的語氣說：

「我最討厭你了。你不只折磨我的妹妹，還殺掉我的龍。老實說，我真的很想殺了你。不過……我不會那麼做。」

沃倫用幾乎要消失的沙啞聲音發問。他現在只能發出如此微弱的聲音。

「為何不殺我？」

「因為女王阻止了我。」

克琳希爾德走到沃倫面前。她的手裡握著裝有靈藥的小瓶子。

克琳希爾德將小瓶子內的液體倒在沃倫的傷口上說：

「我想建立的是沒有仇恨的王國。我想讓這個王國如同神的教誨，成為像永年王國那樣既沒有紛爭也沒有仇恨的地方。所以……我決定原諒你。」

克琳希爾德將沃倫的傷勢全部治好了。

「沃倫，我心目中理想的王國需要你的力量。請你發誓，這次一定要追隨身為女王的我。不是追隨初代女王陛下，而是我……請你為王國的未來獻身。只要你願意發誓，我就會相信你，並解開這條繩子。」

沃倫定睛看著克琳希爾德開口說話。

刻著皺紋的眼睛凝視著遙遠的過去。

「克琳希爾德大人，您的黑色眼睛……以及黑色頭髮……都跟初代女王陛下十分相似。可是，您並不是初代女王陛下。您無法建立永年王國。」

沃倫咳了一聲，吐出血來。克琳希爾德對此感到困惑。

「我明明用靈藥治好傷口了，為什麼……」

沃倫在臼齒裡藏了毒藥，試圖藉此自盡。

沃倫並不想與克琳希爾德一起活下去。

既然初代女王建立的王國即將瓦解，自己也要跟王國共進退。

克琳希爾德趕緊讓他喝下靈藥，卻為時已晚。靈藥的效力需要經過幾分鐘才能發揮，毒藥會在那之前就奪走沃倫的性命。現在的沃倫只能等待殘留在肉體的微弱意識消滅。

沃倫的視野已經變成一片漆黑。死亡迅速奪走五感，只剩下聽覺與觸覺。

他的身體在死亡的黑暗中感覺到某種溫暖。

有人正擁抱著自己。

對方想必是克琳希爾德吧。從她的手勢，可以感覺到難以言喻的慈愛。

自己曾在遙遠的過去體會過同樣的感覺。

那已經是好幾十年前的事了。

初代女王陛下找到呆站在村莊廣場的我，將我抱在懷裡。

嘴裡說著「你一定很害怕吧」。

沃倫不明白她在說什麼。自己從來不曾感到害怕。就連對抗龍的時候，他也不害怕。沃倫很肯定自己到死為止，都不會害怕任何事物。

他原以為是這樣沒錯。

不知從何時起，恐懼成了我唯一的動力來源。

我害怕失去女王所建立的王國，這股恐懼支配了我。

一切彷彿只是昨天發生的事。

從王宮眺望的完美王國。

為那幅美景而流的淚。

我想讓那個王國化為永遠。
我希望那幅景象中的時間——

能夠停止流逝。

黑暗中有聲音傳來。

「沒事的，別害怕。」

這個聲音將沃倫拉回遙遠的過去。

——這樣啊，原來最像的地方是聲音啊……

他失去視力後，才注意到這一點。

眼睛還看得見時，他的目光只注意到克琳希爾德的容貌。

就像要撫慰逐漸死去的靈魂，克琳希爾德持續擁抱著老兵。

因為身處在黑暗之中，沃倫覺得自己彷彿正被初代女王抱在懷裡。

就像第一次相遇時那樣。

一滴眼淚從刻著皺紋的眼角落下。

被自己還想再聽一次的聲音送行——老兵化為一具遺體。

對於抱著遺體的克琳希爾德，布倫希爾德詢問：

「為什麼妳要憐憫這種男人？他明明這麼殘忍……」

克琳希爾德回答：

「因為他雖然扭曲……也是持續守護著這個王國的人。」

終章

一個抱著嬰兒的女人在王國的首都奔跑。

女人敲響民宅的門大喊：

「請分一點靈藥給我，我的孩子生病了。拜託救救他……只要一滴就好。」

民宅沒有回應。女人馬上跑到另一戶人家，然後再次敲著門大喊：

「請分靈藥給……」

這次有人回應了。

「我們沒有靈藥可以分給妳！」

回應卻是怒吼。

抱著孩子的女人接連造訪每一戶人家。

「拜託，拜託……」

然而沒有人願意分享靈藥給她。

最後她的腳步突然停了下來。

「啊啊……」

女人癱坐在路上。嬰兒已經死在母親的懷中。

母親的哀嘆在白日之下迴響。

路上行人紛紛同情女人的處境。

「真可憐……」

「假如有『生命靈藥』……」

「都是克琳希爾德那個昏君的錯。」

「沒辦法做出靈藥的無能女王……」

沃倫死後，五年過去了。

原本普及於王國的靈藥早已變成稀有物資。

一對男女注視著失去孩子的母親。

「真不想看到這種場面……」

男人是阿尼瑪。經過五年的歲月，他已經成長為一名高大的男性。

站在阿尼瑪身旁的是布倫希爾德。體弱多病的蒼白特徵就跟以前一樣，沒有改變。不過，或許是因為長大了，她的白皙混合了某種悖德的妖豔氣息。

布倫希爾德說：

「……我有時候會想，自己做的事會不會是錯的。」

阿尼瑪默默地聽著。

「倘若把一切交給沃倫，那個小嬰兒或許就不會死了。因為這個王國到現在還會有很多靈藥。像那樣的悲劇，現在的王國不知道發生了多少次。」

「那種事不只會發生在這個王國吧？」

阿尼瑪否定布倫希爾德的懦弱發言。

「有人因病而死是很悲傷的事，但也是很正常的事。這個國家只不過是恢復正常罷了。反正到頭來，情況遲早會變成這樣。」

「所以你想說，我們所做的事並沒有錯嗎？」

「不，我覺得我們沒有做錯，是因為別的理由。」

阿尼瑪看著布倫希爾德說：

「如果沃倫贏了，我跟妳都會沒命。」

布倫希爾德苦笑。

「你這麼說……是沒錯啦。」

不過，布倫希爾德馬上便發現到疑點。

「就算那場戰鬥是沃倫獲勝，你應該也不會死吧。」

布倫希爾德記得沃倫雖然傷了阿尼瑪，卻也說要在戰鬥結束後治好他的傷。

可是阿尼瑪說：

「不，如果沃倫贏了，阿尼瑪就會死去。我應該會改回以前的名字，繼承王國守護者的地位。畢竟我沒有強到可以一個人反抗沃倫那種怪物。」

經過短暫的沉默，布倫希爾德問道：

「我問你，阿尼瑪。」

「怎樣？」

「我今後也可以繼續叫你阿尼瑪吧？」

「妳現在才改叫我以前的名字，我反而會傷腦筋。我又不習慣別人叫我西格魯德……」

阿尼瑪稍微紅了臉，然後接著說：

「而且我還滿喜歡阿尼瑪這個名字喔。這在古語是『無名』的意思，我覺得很帥……」

布倫希爾德用手指著阿尼瑪笑著說：

「我倒覺得這個名字很奇怪。」

阿尼瑪這次變得滿臉通紅，低下頭來。

布倫希爾德與阿尼瑪暫時走在一起，然後在岔路分開。兩人本來就只是在街上巧遇。

分開之前，布倫希爾德詢問阿尼瑪：

「克琳希爾德要我轉告你，她很希望你能來幫忙。因為現在的王國面臨許多內憂外患。她說會給你最好的待遇。」

從五年前開始，克琳希爾德就經常找機會給阿尼瑪豐厚的待遇。她的內心認為舊王室不該凋零，所以才想要加以補償。

然而阿尼瑪拒絕了每一次的邀約。這次也一樣。

「我鄭重拒絕。我在五年前就認清了，自己果然不是當英雄的料。」

他五年前曾經揮舞魔槍與沃倫戰鬥。

阿尼瑪再也不想經歷當時的疼痛與恐懼了。

「對我來說，普通的生活就很足夠了……妳知道我現在是個診所醫生吧？因為我想幫助沒有靈藥而遇到困難的人。實際體會到幫助他人的感覺，讓我每天都很快樂。」

「我想也是。既然這樣，我會再把你已經拒絕的事告訴克琳希爾德。」

最後，阿尼瑪用柔和的語調對布倫希爾德說：

「很高興今天能看到妳這麼有精神的樣子。」

目送阿尼瑪消失在街上以後，布倫希爾德前往王宮。

正確來說，是前往王宮後方的墓園。

這座墓園位於山丘上，視野非常好，可以將王國的街道一覽無遺。

他們在五年前的今天殺死沃倫。

琥珀之龍也是死於五年前的今天。

琥珀之龍的遺體被厚葬在王宮後方的墓園。不管輔佐女王或寶石商人的工作有多麼忙碌，布倫希爾德都會經常造訪這座墓園。

『貝倫修坦。』

布倫希爾德在墓前獻上琥珀色的花束，用人類聽不見的語言對他說話。

『最近，雖然只有一點點……我好像能理解了。理解你以前說過的，人的愚蠢之處。』

布倫希爾德會巡迴王國，讓遭到封印的龍變回人類。

她很少受到感謝。正如阿尼瑪的預測，人們對原本是龍的人抱有根深蒂固的歧視。雖然布倫希爾德致力於消除歧視，目前依然不順利。

面對強烈的批判，她也經常心灰意冷。

即使如此，布倫希爾德仍然沒有放棄解放龍。

『我去過的某些地方，也有人會對我表達善意。』

雖然只占極少數，還是有人會感謝布倫希爾德。

例如變回人類的龍，以及那頭龍私下交到的人類朋友。

他們都會對布倫希爾德說「謝謝」。

這個時候，布倫希爾德發現人類也有那麼一點可愛之處。

『如果還能再跟你聊天，這次我或許跟得上你這個成熟大人的話題了。』

布倫希爾德仰望清澈的藍天。

這時正好有一隻大鳥從頭上飛過。

『真希望能再跟你一起上街散步。』

「龍之言靈」沒有傳進任何人耳裡，隨風消逝。

布倫希爾德正在掃墓的時候，有人向她搭話。

「姊姊。」

布倫希爾德回過頭，看見克琳希爾德就站在後面。

她一定是來替沃倫掃墓的吧——布倫希爾德心想。沃倫的遺體也葬在同一座墓園。布倫希爾德不會替沃倫掃墓，但克琳希爾德會。

布倫希爾德看著克琳希爾德說：

「妳這麼有精神真是太好了。我原本以為妳會更憔悴。」

自從成為女王，克琳希爾德便過著多災多難的日子。

她向國民公開了「生命靈藥」已經無法再製造的事實。從這個時候開始，克琳希爾德就已經免不了昏君的罵名。克琳希爾德並沒有向國民坦白這幾十年來的靈藥製造方法，所以也無從辯解。比起自己的名聲，她認為國民的感受更重要。沒有人想知道自己曾經服用的藥是用屍體製成。她也擔心有人會因此而不敢再使用剩下的靈藥。

女王一肩扛起了所有的責任。

不過，克琳希爾德的臉上掛著一點也不委屈的溫柔表情。

「雖然有時候很辛苦，只要見姊姊一面，我就能打起精神了。」

「我很擔心妳，克琳希爾德。妳要保重身體。」

「我沒事的。為了王國的未來，我不會輕易倒下。」

最重要的是——克琳希爾德這麼說著，撫摸自己的大肚子。

「這也是為了我的孩子……」

克琳希爾德已經懷有身孕。

對象是邦交國的國王。為了對抗來自異國的侵略，兩國以這場婚姻作為結盟的證明。雖然女王是為了守護人民才接受這門婚事，人民卻無法理解女王的真意。許多人口無遮攔地說她是賣國的妓女，或是汙染齊格菲家血脈的女人。

可是不論承受多少謾罵，克琳希爾德都不會放在心上。

因為這麼做可以守護人民的安寧。

實際上，多虧克琳希爾德締結的同盟，來自異國的襲擊大幅減少。
布倫希爾德用有些陰鬱的表情說：
「克琳希爾德……妳應該沒必要結婚吧？」
「有必要。因為我是女王。」
「就算是這樣，策略聯姻也太……」
「對了，姊姊忙著讓全國的龍變回人類，所以不知道吧？」
克琳希爾德露出幸福的微笑。
「我們雖然是策略聯姻，還是有愛情基礎的婚姻。」
與克琳希爾德結婚的國王得知她的犧牲以後，主動表示想成為她的支柱。
能邂逅真心愛著自己的對象，無疑是多災多難的女王所遇見的少數幸運。
克琳希爾德以充滿愛的手勢撫摸孕肚，臉上掛著母親的表情。
這個舉動讓布倫希爾德現在才注意到一件事。
（不知不覺間……妳已經不需要我守護了呢。）
站在眼前的人不是需要姊姊守護的妹妹。
而是一位出色的女王。
這讓布倫希爾德很高興，同時也有點寂寞。

布倫希爾德看著克琳希爾德的肚子說：

「我們要建立一個能讓這孩子幸福的王國。」

這次換自己來守護下一代了——布倫希爾德這麼想。

克琳希爾德點頭回應：「是。」

克琳希爾德從山丘上眺望王國，看著逐漸轉變的王國說：

「即使無法創造永遠的王國……」

此後，克琳希爾德仍然在昏君的罵名之下繼續統治王國。

雖然她的一生都為王國的繁榮盡心盡力，這份慈愛卻不被人民理解。

王國史上再也沒有以克琳希爾德為名的女王。

這個名字意味著稀世昏君，帶有不祥之意。

直到死去……不，即使到了死後，她的汙名仍然沒有被洗刷。

就連後世的歷史學家都不知道，克琳希爾德施行的政策為再也不受初代女王庇護的王國打下了基礎。厭惡女王的人們操弄歷史，將克琳希爾德的政績歸功於其他女王。

克琳希爾德的愛成了短暫的光輝，消失到王國史的黑暗中。

這轉瞬的溫柔，只有夥伴才知道。

後記

我好像很喜歡寫壞人。

意思並不是我喜歡做壞事的人。

我喜歡的是知道自己正在做壞事，卻還是不得不做的人。我覺得這樣很有人的氣息。試圖貫徹堅定信念的情操、不惜為此沾染罪惡的愚昧——寫出兼具這兩者的人物時，我就會有種「啊啊，我寫出了一個活生生的人」的感覺，而且喜歡上這個角色。

第一集的布倫希爾德與第二集的法夫納，就是這樣的角色。

而第三集是沃倫。

相較於第一集和第二集，我覺得他是比較難寫的角色。因為他是壞人，不是俊男美女，又是個老爺爺，而且做了許多殘忍的事。不出所料，責任編輯的感想也有點不上不下（我並不是在抱怨）。

我很猶豫是不是應該將沃倫這個角色寫得更保守一點，藉此凸顯布倫希爾德等主角群。

不管我再怎麼喜歡沃倫，倘若讀者不覺得這個故事有趣，那就只是自我感覺良好罷了。

不過，最後我還是選擇寫出凸顯沃倫的故事。

我原本就是為了描寫沃倫這個男人的情操與愚昧，才會開始創作這篇故事。我認為如果推翻這一點，整篇故事都會變成謊言。

確實，會喜歡上這個角色的人或許很少。不要太過強調他的戲分或許會比較好。這些擔憂想必是正確的。

可是，我也抱持著另一份確信。

一定有讀者會對這個角色產生深刻的感觸。

我決定賭在這份確信上。問題在於創作故事的意義。故事並不只是為了讓他人閱讀而寫，更是為了在讀者的心裡留下某種漣漪而寫。我認為若非如此，創作故事就沒有意義了。

如果這篇故事能在各位心裡留下某種漣漪，那就太好了。

若讀者喜歡上沃倫以外的角色，我當然也非常高興。我在描寫每一個角色的時候都不會馬虎。如果要特別舉例，我也很喜歡與壞人沃倫形成對比的好人克琳希爾德。喜歡描寫壞人，也就代表著喜歡描寫好人。

最後我要表達謝意。感謝在百忙之中閱讀原稿並提供意見的人間六度老師與来々老師。

非常感謝各位。

BRUNHILD

後記

龍姬布倫希爾德

Kadokawa Fantastic Novels

作者：東崎惟子　插畫：あおあそ

布倫希爾德物語第二部揭幕！
人們時而輕蔑時而畏懼，並稱她為「龍姬」。

小國諾威爾蘭特遭受邪龍的威脅，因此與神龍締結契約，在其庇護之下繁榮。名為布倫希爾德的少女誕生在國內唯一理解龍之語言的「龍巫女」家族，與母親及祖母同樣侍奉著神龍。其職責是清掃龍的神殿、聆聽龍的言語，並獻上貢品表達感謝——每月七人。

NT$240/HK$73

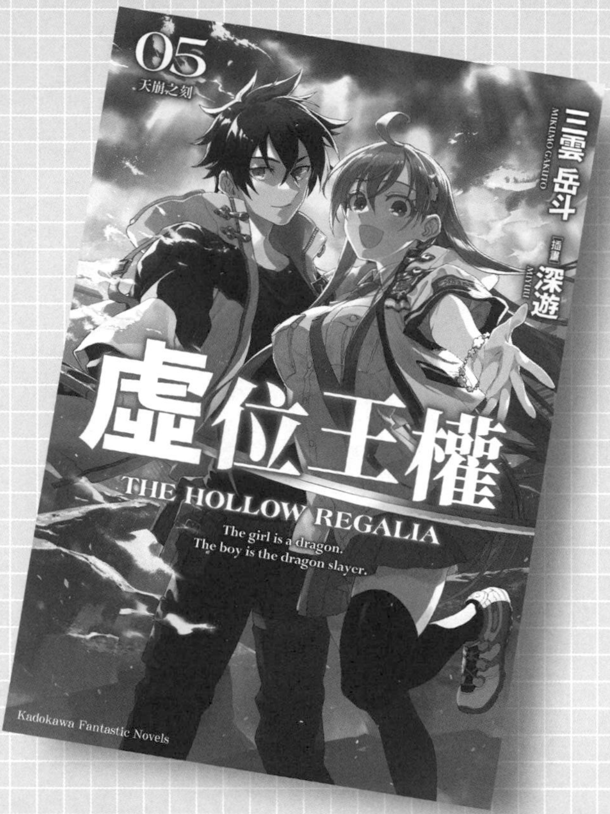

虛位王權 1~5 待續

Kadokawa Fantastic Novels

作者：三雲岳斗　插畫：深遊

八尋等人即將得知龍之巫女與世界的真相。
而一直沉睡的鳴澤珠依也終於醒來——

　　比利士侯爵優西比兀為搶奪妙翅院迦樓羅持有的遺存寶器，對天帝領展開侵略。八尋等人潛入天帝領要救迦樓羅，便在那裡得知了龍之巫女與世界的真相。為了阻止有意摧毀世界的珠依，八尋等人前往肇端之地，亦即二十三區的冥界門，不料——！

各 **NT$240~260/HK$80~87**

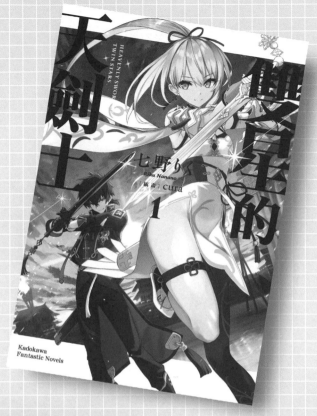

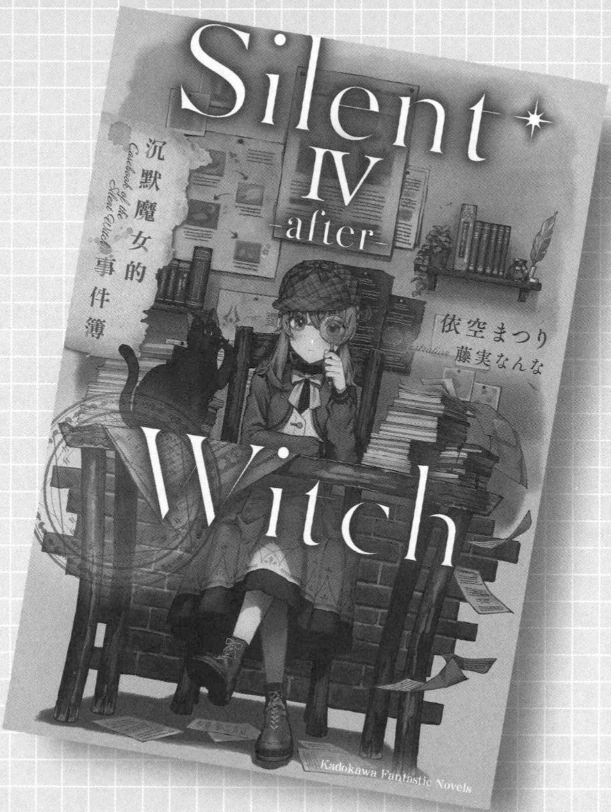

Silent Witch 1~4-after- 待續

Kadokawa Fantastic Novels

作者：依空まつり　插畫：藤実なんな

校園發生了幾起不可思議的難解事件!?
名偵探莫妮卡與黑貓尼洛將破解謎團！

寒假前的校園發生各種不可思議的難解事件!?被當成偷吃嫌犯逮住的古蓮、在校內迷路的小女孩、來路不明火球——以及被捲入詭異魔咒的第二王子……名偵探莫妮卡與沉迷偵探小說的黑貓尼洛將逐一解析各起事件謎團！極祕任務番外篇開演！

各 **NT$220~280/HK$73~93**

轉生為故事的黑幕~以進化魔劍和遊戲知識傲視群倫~ 1~2 待續

Kadokawa Fantastic Novels

作者：結城涼　插畫：なかむら

「我的劍就是為了這種時候存在的。所以──」
連的故事，又有了重大的變化──！

和聖女莉希亞與其父克勞賽爾男爵談過之後，連決定暫時留在男爵宅邸，一邊處理男爵家的工作，同時一邊在公會當冒險者發揮本領。而為了協助男爵家，他在莉希亞的目送下前往某處，邂逅了一位意料之外的少女。她和掌握故事重要關鍵的人物有關……？

各 **NT$260~300/HK$87~100**

國家圖書館出版品預行編目資料

克琳希爾德與布倫希爾德/東崎惟子作 ; 王怡山譯. -- 初版. -- 臺北市 : 臺灣角川股份有限公司, 2024.03

面 ; 公分. -- (Kadokawa fantastic novels)

譯自 : クリムヒルトとブリュンヒルド

ISBN 978-626-378-655-4(平裝)

861.57 113000373

Kadokawa
Fantastic
Novels

克琳希爾德與布倫希爾德

（原著名：クリムヒルトとブリュンヒルド）

2024年3月18日　初版第1刷發行

作　　者：東崎惟子
插　　畫：あおあそ
譯　　者：王怡山

發 行 人：台灣角川股份有限公司
總　　監：呂慧君
總 編 輯：蔡佩芬
主　　編：林秀儒
編　　輯：彭曉凡
設計指導：陳晞叡
美術設計：宋芳茹
印　　務：李明修（主任）、張加恩（主任）、張凱棋

發 行 所：台灣角川股份有限公司
地　　址：104台北市中山區松江路223號3樓
電　　話：（02）2515-3000
傳　　真：（02）2515-0033
網　　址：www.kadokawa.com.tw
劃撥帳戶：台灣角川股份有限公司
劃撥帳號：19487412
法律顧問：有澤法律事務所
製　　版：巨茂科技印刷有限公司
ＩＳＢＮ：978-626-378-655-4